U0681835

果蔬园里种光阴

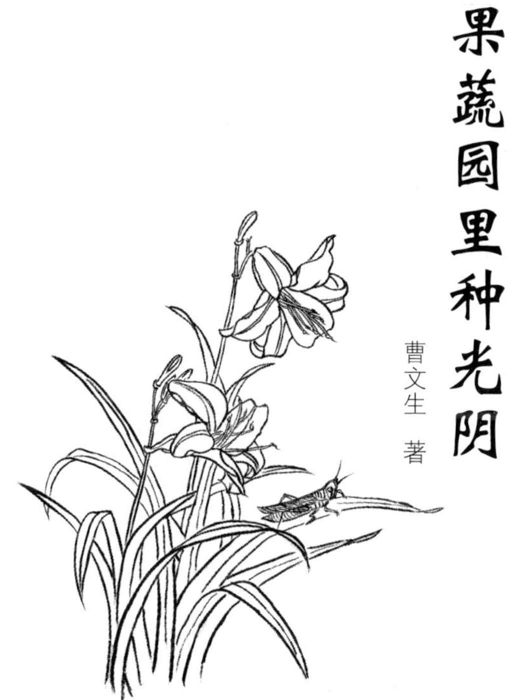

曹文生 著

中国言实出版社

图书在版编目（CIP）数据

果蔬园里种光阴 / 曹文生著 . -- 北京 : 中国言实出版社，2017.10

ISBN 978-7-5171-2581-5

Ⅰ . ①果… Ⅱ . ①曹… Ⅲ . ①散文集 – 中国 – 当代 Ⅳ . ① I267

中国版本图书馆 CIP 数据核字（2017）第 260416 号

出 版 人：王昕朋
总 监 制：朱艳华
责任编辑：郭江妮
文字编辑：王建玲
责任印制：佟贵兆

出版发行 中国言实出版社

地　址：北京市朝阳区北苑路 180 号加利大厦 5 号楼 105 室
邮　编：100101
编辑部：北京市海淀区北太平庄路甲 1 号
邮　编：100088
电　话：64924853（总编室） 64924716（发行部）
网　址：www.zgyscbs.cn
E-mail：zgyscbs@263.net

经　销 新华书店
印　刷 北京温林源印刷有限公司
版　次 2018 年 1 月第 1 版 2018 年 1 月第 1 次印刷
规　格 880 毫米 ×1230 毫米 1/32 8 印张
字　数 186 千字
定　价 39.80 元 ISBN 978-7-5171-2581-5

乡下的光阴

——写在前面的话

一个人离故乡越来越远了。

每一次靠近故乡，我的世界里，便盘踞着一片果蔬。这果蔬，沉默于豫东平原，却成了一条线索，把我的一生，串联起来，直到终老。

我是那个乡下的孩子，喜欢吃，喜欢把乡下的果蔬，放进我乡愁的盘子里。然后用文字进行烹调、清炒。人间清味，也不过是用乡愁的火，慢慢炖，在远离故乡后，我虚构出了一片田园。

或许，许多人说，为何虚构?

故乡，从人出走那天，便空了，村里只剩下老人和孩子。那些童年的菜，也没人种了，我的影子，仍在故乡，所以我将故乡的菜，一点点写在纸上。

有些果蔬，非北方所有。但是它们却是带有我贪吃的记忆，我拼命去用考证的方式，去复制一片田园，让一个孩子的灵魂，奔跑在一片果蔬上。

我喜欢汪曾祺的《人间草木》，我觉得那种风格，淡淡而安静，是我喜欢的味道，因为我也梦想着有一天，也写出故乡的果蔬，文字不能太闹，一定要孤独些，这样，才属于乡下。

文字，如果只有乡愁记忆的路子，似乎太单一，我把喜欢的明清小品文的风格，复制到我的文字里，没想到，这两种风格的糅合，恰好成了我的风格，一路考证，一路乡愁，把一片田园风光，写在这本书里。一个人，灵魂皆有皈依，有人皈依山水，有人皈依行走，我却皈依果蔬。

每一种果蔬，都是乡村的一种复活。在果蔬里，除了吃，更多的是亲情，是一个人对于文化的认知，对乡村的一种膜拜，一个人不能没有根，我的根，除了故乡的所在地，还有一片果蔬人生。

有人说，身体和灵魂，总得有一个在路上。我的身体回不去了，我只好在一片果蔬里，重新解读故乡。

在故乡，满地的，是荆芥、芫荽，满树枝的，是桃、杏，这些果蔬，如果只从美味的角度去看，未免让故乡缺少一种气息，这气息属于乡土式的，它们安于此，但灵魂却如此厚重。

它们以此地安家，把果蔬的姿态，都放在一片园子里，所有阅读者，皆是摘取者，他们能从我的田园里，摘取到他们的过去，或许说，是我用笔，为他们营造出一种即将遗忘的乡村。

一个人写作的初衷，无非就是抱着一种文字，去感知到一种消失的温情。在我的文字里，或许，你遇见了一个过去的自己，或许你遇见了一个有趣的世界。

多识草木少识人。

果蔬，是善良的。你给它一片土地，它回报你一个童年的痕迹，一个人，在文字里，会感谢土地的馈赠，它们让人间烟火，多了些果蔬的清欢。

舌尖上的中国，把美味推进人类，每一个人，会被不同的美味所捕获。但是，我期望的，是和记忆相通的，哪怕不精妙，属于乡村式的粗枝大叶，也让人感觉到生活的厚重，或者说，美味的世界，营造出的，是一片乡村的净土。

一个人，进了城，便远离了果蔬的耕种，我们无法从果蔬光鲜的表面，去窥探一个乡村的疾苦。一个人，背负着生活的重，在一片果蔬上前行。产量、价格，都成了命运的门槛，或许，这辈子，迈不过去的门槛太多。

一个人，总觉得果蔬乏味。

后来，在许多文人趣事里，和一片果蔬相遇，原来这些安静的蔬菜和水果，是如此可爱、如此富有生机。

如果你对蔬菜，了解甚少。那么便会感到一种麻木的煎熬，在我的文字里，你会遇见一个你不曾发现的世界。

这里，有名人轶事，有坊间趣闻，用文字里的趣，去托举一片田园。然后，让人遇见的，不再是实用的功利，而是一片诗意盎然的书简。

一个人，不读诗，可以；一个人，不旅行，可以。如果一个人，不知道祖辈们所背负的生活，那么便是可悲的。

在中国，人类的历史，便是一部乡村史。

乡村是回不去了，但是我们可以通过果蔬的世界，去了解一个文明的密码。我乐于把果蔬，当成一部文明史。

人从远古的乱吃，到如今的精吃，不是映射着人类的文明进化史吗？

或许，在每一种果蔬里，你都能感知到一种悦动的灵魂，它们以果蔬为载体，把人间烟火的光芒，投射到文字里。

一部蔬菜的历史，便是一部炊烟史。

一部水果的历史，便是一部饕餮史。

目录

1. 番茄：乡村一盏灯

菜园里，番茄红了。

我喜欢叫它番茄，而不是西红柿。

这种叫法里，包裹着一种渗入骨髓的习惯，母亲这么叫，父亲也这么叫，到了我辈，自然也这么叫。

到底，它为何叫作番茄呢？

翻看许多果蔬的书，终于找到了它的根源。第一个记载西红柿的人，是明代的赵函，他在《植品》中云：番茄是西洋传教士在万历年间，和向日葵一起带到中国的。

这两个物种，都喜欢阳光，一个金黄色，成就了梵高；一个火红色，解了我的馋。

似乎，这本书说的并不详细，到了清朝，有一本书叫《广群芳谱》，里面的果谱附录，记载着“番柿”：“茎似蒿，高四五尺，叶似艾，花似榴，一枝结五实或三四实……草木也，来自于西番，故名之。”

看到这里，似乎看明白了一些，番茄，说明它的源头，非中国所特有，一般而言，出了中国，便会在其他地方的前面，加一个番字，说明来自于番邦。

后来，读的书多了，也清楚西红柿的身世。据说，西红柿在国外，叫狼桃，也称狐狸的果实，因色泽鲜艳，人都误以为有毒，不敢食用。

可是，在故乡，人却不怕。

你看，夏初，叶展，黄花落，番茄顺风而长，这果实，一夜一个模样。

父亲是那个灌园者，挑着扁担，小跑着担水。说起灌园，便想起一些故事。《庄子・天地》里说：子贡游楚返晋过汉阴，老人抱瓮浇菜，搰搰然用力甚多而见功寡，就建议他用机械汲水，老人不肯，说这样做，为人就有机心，吾非不知，羞而不为也。

这人，让我敬佩，安于拙陋淳朴的生活，像一个苦行僧，这人和父亲相似，总是固守祖上传下来的老办法浇水，一辈子不改变。

“抱瓮灌园”，说的是一个人不被功名所累，只求安心，一个人是否伟大，要看面对诱惑是否能心静。这境界，一直是我所羡慕的。

园子里，水分足，只等待一片红。

麦子收割后，番茄开始结果。一个人，去集市上，带一杆秤，就将原始的商业方式演习一遍。番茄先卖钱，换来柴米油盐，卖不完剩下的，父亲才允许我们姐弟几个吃一些。

后来，日子好了，菜也多了，母亲的菜篮里，渐渐丰富了。你看，一把青菜，两根紫茄子，几个火红的西红柿，一把细长的豆角和清脆的黄瓜，色泽很亮。

菜摘回家后，淘洗干净。

母亲的菜谱上，以面为主。我最喜欢吃的，便是母亲的捞面。盛夏，热气逼人，一碗凉捞面下肚，顿时凉快了。这卤，一定是西红柿鸡蛋的，简单、易做，且色彩鲜明，让人有食欲。

母亲的蒸面也好吃。上笼，蒸八成熟，把西红柿炒出来，和面拌在一起，然后再一次上笼蒸，五分钟，就好了，打开锅，面散开着，绝无粘连的疙瘩，干湿度恰好。

有时候，也会溜进地里，偷吃一些，西红柿还没红呢，便急不可耐了，吃一些青番茄。

在一本医术上，看到青番茄，是不能吃的。里面有大量的龙葵素，有毒。便觉得后怕起来。

可是，我的记忆里，故乡时常炒青番茄，看了这书里的记载，一下子疑惑了。这青番茄，能吃吗？

在郑州，和哥们聚会，饭馆名字选的甚好：有啥吃啥。

哥们看我一年也回不了几次家，就点了一个豫东特产：炒青番茄。盘子上来的那一瞬间，我的记忆复活了，是童年的味道，是老家的味道。

我笑了一下，对那本书介绍有毒的说法，也毫不介意了。这顿情感大餐，让我想起儿时的豫菜。

故乡，最常见的一道菜，叫番茄炒鸡蛋，外地叫西红柿炒鸡蛋，故乡坚持自己的叫法，如果改变了叫法，事情就大相径庭了。这犹如一个说着普通话归乡的人，被人戏谑为洋鬼子。

在故乡，如果叫一个人的大名，村里人多半笑你，说你转洋词。在故乡，人们喜欢听昵称，亲切，于是人们都叫它番茄。

或许，番茄带有一种个人情绪，是和故乡连在一起的。而西红柿，则显得有些大锅饭的感觉，看不出爱得深一些。

在陕北，通常熬一种西红柿酱，这倒和肯德基的西红柿酱有些相似，说起这酱，便想起儿子来，他吃薯条，一根薯条能吃三包西红柿酱。

说起西红柿，我难忘母亲做的西红柿面筋汤，味道鲜美。母亲和面，我淘洗。我喜欢洗面筋，一块面，放在清水里，两只手不停地搓、揉，面筋成了，一盆白面水。

锅里加水，点火，放柴，快沸腾时，把盆里的白面水倒入锅里，倒入西红柿，点缀一撮荆芥叶。

味甚好，汤鲜。

再也念念不忘它了，关注它的所有细节。有一次，在网上看见民国时期台湾窑西红柿型笔舔，青色的，如一黛远山的颜色，只是上面有一些暗色的疤痕，似在述说往事。

钱不多，50 元就拍卖了。

这是一种带有泥土气息的西红柿，或者是一种被窑火打亮的番茄。

有时候，也会在画里看见番茄，眼睛顿时亮了，齐白石也画过一幅，叫作《茄子西红柿》，画很简朴：一条长茄子，两个西红柿，一只蟋蟀，遗憾的是，是一幅水墨，只黑白两色，少了些亮色。

这分明是神似形不似，故乡的番茄，脸红红的，好像《三国演义》里的关羽，也像《水浒传》里的关胜，总之，都烙有老关家的痕迹。

总是觉得这红脸家伙，个头大，面目粗犷，适合唱秦腔，一声吼，让八百里秦川，地动山摇，尘土飞扬。

也有一种小个的，据说是变种的西红柿，许多地方叫它圣婴果，这让我想起《西游记》里圣婴大王——红孩儿。这孩子，一肚子火气。

西红柿，也是性子烈。放多了，菜就酸了，尽管如此，它和很多菜都能搭配，所以菜缘较好。

番茄似乎一生完美。

2. 茄子：紫袍加身的帝王

我喜欢茄子，是因为它的气质。

茄子，一袭紫袍，是菜园里的贵族。我喜欢称之为“紫袍秀士”。或许，我对于颜色过于敏感，看到紫色，便爱的不可自拔。再说紫色，在中国古代，有帝王之气，紫气东来，就说的它的这种贵，这种运气。

茄子，形状各异，一种是圆圆的，像个和尚，正如宋人郑清之说的那样，“青紫皮肤类宰官，光圆头脑作僧看”，这圆嘟嘟的样子，多像宋人佛印。另一种，是细长的，紫色淡一些。我记得小时候，故乡种的都是圆茄子，一个就够全家吃一顿了，这茄子植株较高，叶子胖大，果实大，产量高，这是贫寒人家的最爱。后来，菜多了，一顿饭会炒几个菜，不需要这种大块头的茄子了，便种这类长茄子，这其实是一种过渡，或者是从实惠向精致的过渡。

就颜色而言，茄子有多种，一种是紫色，另一种是青色，据说还有一种银色的，黄庭坚诗云，“君家水茄白银色”，这一奶同胞，各个不同。

我喜欢茄子，古人也喜欢，譬如王褒在《僮约》里说：“别茄披葱。”文人喜欢茄子，便将它入画，其中有一个画家，还是被称为四祖之一的张僧繇，他笔下的茄子：庞大、圆润，是故乡茄子的模样。清代的金农，也画过“茄子图”。近代的文人画，以冯杰老师的茄子，最得文人气。

这茄子，早饮清露，夜喝月光，吸天地之灵气。无聊时，便想一个问题，它为何叫茄子呢？

据说，南方叫它落苏，这名字，一听就是个楚楚动人的女子。吴越王钱镠，有一个儿子是个瘸子，这茄子有个加字，瘸子的瘸，也有个加字，人们唯恐犯讳，便叫它落苏了。

它还有一种叫法——“昆仑紫瓜”，这名字一听就像个侠客，从昆仑山而来，一身紫袍，满身寒气。

其实，真实的茄子很单纯、很质朴，和邻居关系甚好，也让人尊敬，譬如：白苋紫茄，比喻生活简朴。

这茄子，一般长到腰深，便停止了。只是它的花，很漂亮，紫花黄蕊，很是富贵。但这富贵花，竟然和古代的青楼女子联系甚多，这些女子，或迫于生计，或被人拐卖，一入青楼便身不由己。陪人喝酒、唱曲，有时候遇见中意的，也会以身相许，干柴烈火。如有身孕，这是青楼大忌。所以青楼女子的避孕方法，便是这茄花。“紫茄子花避孕法”，是古代青楼女子的钟爱，这在书中记载甚详细。

或许，这茄子花中含有中药的成分，茄子亦然，据《生生编》记载："茄性寒，多食伤女人子宫。"《本草求真》中云："茄味甘气寒，质滑而利，孕妇食之，尤见其害。"可见这茄子，于女不利。

说到这，似乎对于茄子有了某种偏见，认为此物不祥，应避晦气。这思维是错误，茄子是古代女子最爱，"将茄子汁，冬瓜汁，两种汁混在一起，涂面，美容而祛斑"，这是古代最容易做到的美容方法。

村人常说某人无精神，便说犹如"霜打的茄子"。这话，说人的精神风貌，尚可，如果说茄子本身，其实就近乎一种谬论，茄子经霜后，其实是一味很好的中药，里面含的"龙葵碱""葫芦素"，都具有抗癌的功效。

古人说，偏方治大病。小时候，天寒地冻，买不起煤，燃不起炉子，脚冻的化脓，手也是肿得很高，一按，一个窝，母亲常拿茄子根放在水里煮，然后泡洗，这方法效果甚好，一直陪伴了我的童年。

向晚，母亲随便拐一趟菜园，摘几个茄子，薅几把青菜。路上，母亲给我猜谜语"紫色树，开紫花，开过紫花结紫瓜，紫瓜里面装芝麻"，我猜了好久，不得要领，晚上，在昏黄的灯下，看到茄子籽，便恍然大悟。

晚饭，母亲展示手艺，一个个夜晚，不同的花样：鱼香茄子、红烧茄子、酱茄子、肉末茄子、糖醋茄子，一一上桌，我最喜欢吃的，还是蒜泥茄子，不费功夫，又入口清淡。

文人里面，袁枚和梁实秋都写过茄子的吃法，但是我觉得最让我吃惊的，还是曹雪芹的吃法。

《红楼梦》第四十一回，大观园吃茄子，刘姥姥竟然没吃出茄子的味道，当众人说出茄子时，她便感到不可思议，一个生活经验丰富的老者，对茄子怀有愧意，便问茄子的做法。

“把才摘下的茄子皮剥了，只要净肉，切成碎丁子，用鸡油炸了，再用鸡肉脯合香菌、新笋、蘑菇、五香豆腐、各色果干子，都切成丁子，用鸡汤煨干了，拿香油一收，外加糟油拌一拌。”

茄鲞的工序太复杂了，可见曹雪芹是一个美食家，吃得细，吃得精，这吃的功夫，着实了得。这茄子，美则美矣，但是太过于贵族气，和我相距甚远，我不羡慕它，我所羡慕的是夜晚的灯光下，母亲的茄子，咸淡正好，符合我的口味。

我知道，这平民化的茄子里，有一种看不见的东西，姑且叫它亲情吧。

一个人，归家，只为吃那一口茄子和看一个人。

3. 冬瓜：有佛相的瓜

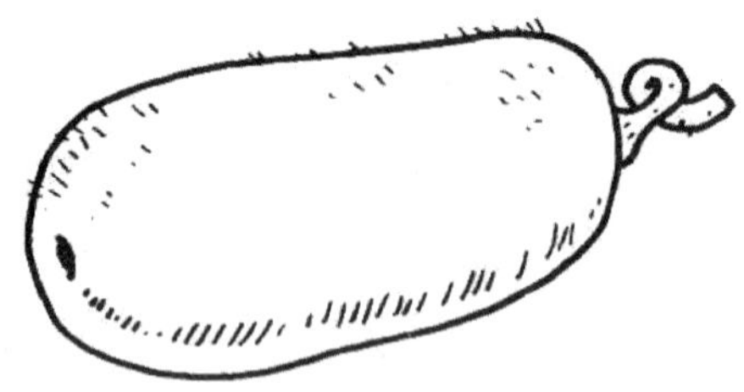

北方，入秋，一地冬瓜。

在故乡，冬瓜不上架，是圆圆的，很敦实的那种。冬瓜分两种，一种是细长型，似枕头，所以，民间又有枕瓜的说法；一种是圆圆的，从我记事起，就吃这种。

提起冬瓜，便觉纳闷。这食物，种于夏，成于深秋，怎么就以“冬”字命名呢？有人说，是冬瓜上长了一层毛，似一层白霜覆盖，因此叫作冬瓜。

我不相信这种说法，翻看书查找，看到神农氏封瓜之说：冬瓜不服从命令，最后于寒冬定居东方，又称东瓜。这说法，明显带有浪漫主义色彩，这是文人为美化冬瓜编制的故事，不足为信。

最后在徐霞客的游记里，找到了根源：“余乡食冬瓜，每不解其命名之意，谓瓜皆夏熟而独以‘冬’称，何也？至此地而食者、收者，皆以为时物，始知余地之种，当从此去，故仍其名耳。”原来，这冬瓜，来自于南方，为初冬的时令食物，故名冬瓜。

名字，清楚了。

这与冬结缘的食物，到底有何吸引人的地方。说实话，吃冬瓜，需要心净，浮躁的人，吃不出妙处。

几千年以来，吃冬瓜的文人，应该不少，可是给它代言的人不多，这说明冬瓜非人类喜食的蔬菜。

看看这为数不多的文人，是怎么描绘它的。袁枚在《随园食单》里写过冬瓜，说它配菜甚广。明代的王世懋《学圃杂疏》里说："天下结食大者，无若冬瓜，味虽不甚佳，而性温可食。"

这寥寥数语，看起来，冬瓜确实无人偏爱。

我喜食冬瓜，是因为它的清淡口味。水煮冬瓜，最佳。去除一切多余的修饰，才能得食物之真味。冬瓜虾皮，也可，淡淡的鲜，入口甚美。

冬瓜，人称地芝。灵芝，乃神话里起死回生的灵丹妙药，而冬瓜能与它名字相似，说明冬瓜的医用价值，甚好。冬瓜，一身是宝：瓜肉、瓜皮、瓜子，皆可入药。

吃冬瓜，是吃心境。

一个人，面对冬瓜，如无定性，是忍受不了冬瓜的，人悟透了，再吃冬瓜，会是另一番样子，再也不挑剔它的味道。心安，则无敌。

佛诗云："击桐成木响，蘸雪吃冬瓜"，这是怎样的一种情怀啊！一个人，夹一片冬瓜，蘸一下白雪，想想都有寒气。

我喜欢的吃法，冬瓜切片，入沸水，慢慢炖着，有肉可，无肉也可。最好有一知己，闲敲筷子话冬瓜。

一个人，心静了，便有了佛味。

也许，冬瓜是与佛最靠近的蔬菜，佛不杀生，便讲究斋席，寺院又要生存，这就要靠吸引香客了。

一般的香客，来就来了，僧不会在意，如果皇室来了，这僧便在意了，寺院也有世俗的成分，把冬瓜雕成飞禽，或走兽的模样，讨好他们，文人来了，也是如此，这冬瓜的仿生学，在古代，也算一绝，算得上一种饮食美学。

我吃冬瓜，便是吃一种清欢的寡味。这清欢，被林清玄定义为“清淡的欢愉”。其实，我认为的清欢，便是独守着内心的真。清而不欢，才是最大的欢。最近看到窦唯的近况，被媒体曝光了。他，坐地铁，买打折的衣服，骑电动车，去酒吧卖唱，才觉得所有的艺人里，唯有窦唯是真实的人，其他的人，都活在包装里。我认为，窦唯守住了初心。

山水草木，和人间联系甚多。而无流俗的，也只有草木，它吃清风，有一颗素心。

看到张哲溢的《蔬瓜集之冬瓜图》，一个肥墩墩的冬瓜，一层白霜，让我觉得这冬瓜，比例甚好。多一分，则肥，少一分，则瘦。且通身浑然天成，无一丝生硬的痕迹。

一个人，躲进屋内，听着风声和雨滴，读着《本草纲目》：冬瓜瓤，洗面澡身，可以美容。这文字，定然让女人喜爱，女人与美，似乎已不可分。

入冬，人便闲了。

冬瓜，也成了点缀。一个人，吃着冬瓜，读着一种淡淡的心境：“雪沫乳花浮午盏，蓼茸蒿笋试春盘。人间有味是清欢。”（苏轼《浣溪沙·细雨斜风作晓寒》）

一个人，不厌冬瓜。

也是心境。

4. 莲藕：七孔之说

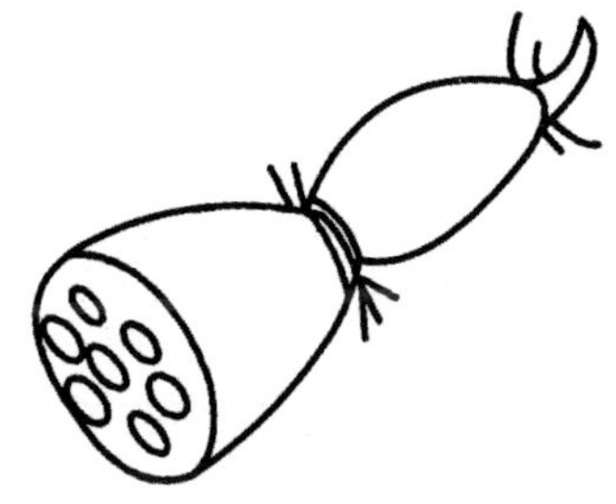

故乡的藕池，荷叶残落，荷身干挺。偶尔有飞鸟，落在上面休息。

年关，许多人下到藕塘里，开始挖藕，刚挖出的藕，一片黑泥。任谁也想不出，这一片黑泥里，包裹着一片雪白的身子。

过水，洗净。

一身雪白，像一个美人。

我不知道，怎样去描摹一段洁白的藕，在所有的食物里，我觉得唯有藕，是具有女性化的，它的光泽，它的细白，都是别的蔬菜所不可比拟的。古人，有句话叫白如凝脂，用在藕身上，再合适不过了。

有时候，去买藕，犯了愁。

藕多分两种，一种是那种细长的，像个修长的美女；另一种圆胖，从欣赏的角度，我喜欢第一种，如果从食用的角度，第二种较好。

从这里可以看出一种病态的思维，总认为瘦的就是美的，藕验证了以肥为美的正确性，我想，藕应该是一个从盛唐走出的女子。

美字，分开看，大羊为美。

似乎，这瘦弱的羊，呈病态，证明当今社会，入病太深。包括我自己，也喜欢细挑的女子。

说起藕，可说的话就多了。

藕，分为七孔和九孔。家乡的藕，是七孔藕，一刀下去，片薄，藕鲜。

藕在全国到处都是，似乎没有什么特异性，但各地的藕，因泥土有别，滋味也不相同。

苏州的藕，是唐时的贡品，也叫雪藕。可以生吃，据说与鸭梨媲美。

广西的大红莲藕，是乾隆游江南时，指名要吃的一道菜，试想，这皇帝一道圣旨，不知会累坏多少马，出动多少舟，这饮食上的瘾，和杨贵妃爱吃荔枝一样，看似口欲之念，动用的民力，定然不少。

杭州的西湖藕，也是美的。当地人叫它“西施臂”，想想，一个从上千年的历史里挑出的美人，美到何种程度，只能靠想象了。

女人，要美。白是一道大关，故乡人有“一白遮百丑”的说法，可见白对于女人，何等重要。

西施的胳膊，如凝脂，吹弹可破。想到这里，我似乎看到了杭州西湖里，那一段白藕的光泽。

藕，还有许多，譬如：安徽雪湖的贡藕、江苏的美人红、南京的大白花、河北的泽畔藕。

藕，也可封神。大明湖北岸有一座庙，叫藕神祠，这在《老残游记》里有记载，只是这藕神，面目全非了。清代年间，济南几个文人一商量，把藕神锁定在了“李清照”的身上，所以藕神祠里，多了文人味。

知否，知否，应是绿肥红瘦！

因为喜欢藕，所有关于藕的文字，都让我欢喜。读《红楼梦》，读到藕官，便让我想起一个细白的女子，一个藕字，色可观，形可想。

这个丫鬟，跟了黛玉。似乎这主仆两人，都是清一色的白，清一色的美。只是，这丫鬟脾气倔强，不肯嫁人，最后嫁给了寺庙。

每天，一宗事，念经，敲木鱼。

我想到的，都是孤寂的词，譬如：青灯古寺，黄卷青灯。

夜晚，读到叶圣陶的《藕与莼菜》中“嚼着薄片的雪藕，忽然想起故乡来”这一句话，虽普通，但是让我一下子想起千里之外的藕塘。

或许，西风来，那个叫张翰的人，定然想起故乡的莼菜和鲈鱼，这魏晋的温度，似乎让人向往，莼鲈之思，是天底下最大的志向。

吃藕，简单。一截藕里，都有很多文化，故乡人结婚，男方一定拿着一截藕上门，女方一刀下去，分为两截，各家一半，这叫藕断丝连。

似乎，藕与婚姻，联系甚密。

我记得读古书，读到明代宰相李贤，喜欢一个叫程敏政的后生，想招为女婿，就以才试他。

“因荷而得藕。”这老头出上联。

“有杏不须梅。”这小子对下联。

这对联，工整、严谨，而内涵尽在其中，谁也没有点破，但是又都知道对方的心思，可谓一桩趣事。

荷，一身是宝。

荷花可亲，荷实可食，荷根可吃。荷实为莲子，古人吃法很多，流传到现在，还有银耳莲子粥。似乎，这莲子熬粥，是另一种造化。

其实，我最喜欢的，是原生态的吃法。“最喜小儿无赖，溪头卧剥莲蓬”，我觉得辛弃疾一辈子，皱眉时候太多，像这样玩出田园风格的时候，太少了。最喜“无赖”一词，带有诸多怜爱。一个孩子，懒懒的，在河边趴着剥莲蓬，是一件多么有趣的事。

周作人喜欢切片生吃，正合我的胃口。嚼一口，嘎巴嘎巴地响，顿时有了人间味。夏天，吃藕俱佳，天热食凉，是另一番天地。

如果是寒冬，一盘白藕，一壶白干，外面最好再下一场雪，所有的白，汇集在一起，定然是一种境界。

母亲，也吃藕，做法简单。过水焯一下，加盐、味精，滴几滴香油即可。如果太冷，母亲便醋熘藕片。

最喜欢母亲做的煎藕尖，藕切成细丝，一碗面糊糊，藕丝过面糊，入油，煎炸。沥净油，锅里炒，加一些调料，一定要加醋，不油腻，有一股淡淡的藕香。

杨万里，也喜欢藕，他竟然在诗里这样说，“鸡头吾弟藕吾兄”，这里的鸡头，实则是芡实。这家伙，面对着一截藕，不淡定了。

藕，在土里，像一个修行者。它抛弃了所有的光明。一直埋于寸土之下，不关心俗世，不关心人类。

这藕，一直都带有佛家的成分，在佛家里，于植物联系最多的，恐怕就是莲和荷叶了。

白衣观音，左手持莲花；卧莲观音，卧于池中莲花；一叶观音，乘莲漂行；持莲观音，坐莲花之上，手持莲花；不二观音，坐于莲叶上。

这莲，一身佛意。

只是，故乡的莲太少。

我喜欢江南的莲。“江南可采莲，莲叶何田田。”似乎，一望无际的莲，正在心头动着。

我，梦想着，去一趟江南。

5. 秦椒：受虐的味觉

这植物，遍布故乡。

说实话，它的远祖，非故乡旧物。听名字——秦椒，一个秦字，似乎与关中八百里秦川有关，然而我没有细细考证过，我喜欢粗枝大叶的随想，只知道在关中，人嗜辣成瘾。

难怪，只有吃辣椒的人，才底气足，一个人，站在黄土地上，一出口，便吼出秦腔。这声线，粗犷、豪放。

陕西八大怪里，便有“油泼辣子一道菜”的说法。在关中，似乎无辣便无味。然而故乡的人，对于辣，颇为忌惮，中原饭食，辣只能作为调味品，多放一点，人便会辣得打嗝。也许，胡辣汤，是河南人对辣所能承受的极致。

父亲去年来陕北，吃饺子时，放了点辣椒沾汁，便吃不下去了，一顿美味，变成了难以下咽。如今，父亲不在了，只剩下一片与辣椒有关的往事，在记忆里漂着，永不褪色。

我的辣椒，少时青绿，老来大红。

这绿，在饭菜里，青椒炒肉；这红，也在饭菜里，剁椒鱼头。

想到辣，便想起川菜。

川菜，无非辣。也难怪，许多人迷恋川菜，无非是喜欢它对辣椒的玩味。有人说，川地潮湿，吃辣和气候有关，这有一定道理。但辣椒入川后，便遇到明主，人们对它礼遇有加。很快，辣椒成了宠臣，每一道菜，都是它的味道。

辣、麻，盘踞川渝。

许多人，就为享受这美味，从千里之外，来川蜀之地，过一把辣椒的瘾。

周作人说："五味之中，只有辣非必然，可是我所喜欢的就是辣。"这文人，打破江南文人的清淡，也喜食辣了。

他的胞兄鲁迅，也用获得的奖品，去换取两样东西：一是书，这好理解，爱读书乃文人本色；二是红辣椒，据说鲁迅熬夜写作，困时，便用辣椒，咀嚼解困。

解困，需要刺激，辣椒正好，正如美国宾夕法尼亚大学保罗·罗津说的那样：人类爱吃辣椒，其实就是为了寻求痛苦，除了人类之外，再也找不出喜欢辣椒的动物了。

人有受虐心理，体现在吃辣椒上，顺着这逻辑，一些人费了心思，发明了酷刑——辣椒水，这是一些人阴暗的产物。它把人，逼得发狂。

其实，辣椒生前，也是花开浪漫，没想到一些人，在辣椒的围城里，出不来了。那些年，村里种辣椒，很有规模，只是城里价落了。

一些人，拉一车辣椒，装卸，出一身汗，一二十元就卖了，这辣椒，给我的阴影，终生挥散不去。

尽管，我对辣椒偏见太多，可是对于“椒”一词，还是喜欢的。

古人关于“椒”的地方太多，《离骚》《唐风》《陈风》都提及了，也许这是一种香草，可传情。

明高濂《遵生八笺》：“番椒丛生，白花，果俨似乎秃笔头，味辣色红，甚可观。”这切切实实是说辣椒了。

入冬，一串子辣椒，挂在南墙上。这是多么好的写意画啊。一片红，在枯寂的冬暗里，亮出底牌。也许，一些画家，便会在冬雪的白里，不忘初心。

我失去了土地，只能惦记一些乡愁。

幸好，我偶遇了古清生《鱼头的思想》一书，他笔下的白辣椒，是一种乡愁。我的乡愁，比他的多一点，青辣椒，是我的乡愁，红辣椒，也是我的乡愁。

一个人，在白纸上，挂念这些垂坠之物，悬于半空。

只是，我还未来得及品读一番，它在故乡就不见了，也许，故乡人不给这些不挣钱的庄稼活路，这秦椒，回不到童年了。

而我，似乎还能在记忆里回去，那碎小的花，那碎碎的叶，还有向下而长的果实，不背离泥土。

如今，秦椒淡出家园，也唱离别曲。

不见的，人或物，终归尘土。

6. 葵：青青园中葵

《诗经·豳风·七月》里说："七月亨葵及菽。"这是葵的自我介绍。或者说，是这个世界的开场白。

然而，这里的葵，很多人一定认为是向日葵，起码我曾经这样认为过。后来查阅资料，发现我错了。

那么，既然不是向日葵，它又是什么呢？后来，在一些文字里，找到了线索，它们叫葵菜。

这是一种野菜，按时节来命名，春季生的，叫春葵；秋天生的，叫秋葵；冬天生的，叫冬葵。

我想，这应该是同一种生物，生长在不同的季节而起的名字，这就像村里人，都是一类模样，黄皮肤、黑眼睛、黑头发，只是这个叫王二，那个叫张三而已。

这菜，好吃吗？不知道。只记得白居易也吃这种菜，他曾在诗句里说"炊稻烹秋葵"，这诗人，食起人间烟火来，不输于常人。

冬天，万物害怕了，一个个都凋零了，这冬葵怎么不怕呢，还在生长？这个疑惑，一直在我心头缠绕着，后在古书里看到有这样的记载：冬葵温韭，似乎我明白了。

原来，就是反季节蔬菜啊。

我愈发佩服起古人来，在遥远的古代，就有了温室种植的技术。

或许，这野生的菜，也开始家养了。“九月筑场圃”，说的就是耕种菜园了，这野生的葵，进入家养的藩篱。

葵，成名较早。

它和韭、瓜、瓠，一起成为故乡四大名菜，活跃在诗句里。

“青青园中葵，朝露待日晞。”这葵，等待太阳，据说这葵菜，也有向日而动的能力。所以后世才有了一个成语，叫“葵藿向日”。

也许，有人不懂，藿又是什么呢？

《广雅·释草》中说：“豆角谓之荚，其叶谓之藿。”原来，这东西，竟然是豆叶。让我吃惊，竟然有这么好听的名字，看起来我着实浅薄无知。

杜甫的祖先杜预，曾这样记载过葵，“葵，倾叶向日，以蔽其根”，这野菜，真的像向日葵啊！后来，比喻一个人的忠心，便叫它葵藿向日，很形象地把国家比作太阳。

读到“井上生旅葵”一句，突然记忆复活，在故乡，只要不是人种植的植物，我们都叫它“旅的”。譬如，一个瓜，长在玉米地，母亲常说，这是株旅瓜；一株西红柿，出现在粪堆上，母亲说，这是株旅西红柿；许多野生的瓜果，在故乡都叫它旅的。

冬葵，到底什么滋味，我没有吃过，但是古人吃过。做汤、烹食，或腌制成咸菜，味道如何，我不知。

故乡，没有冬葵，我是从书本里吃到的冬葵，一回味，很有古意。

7. 雪里蕻：冬雪里的温暖

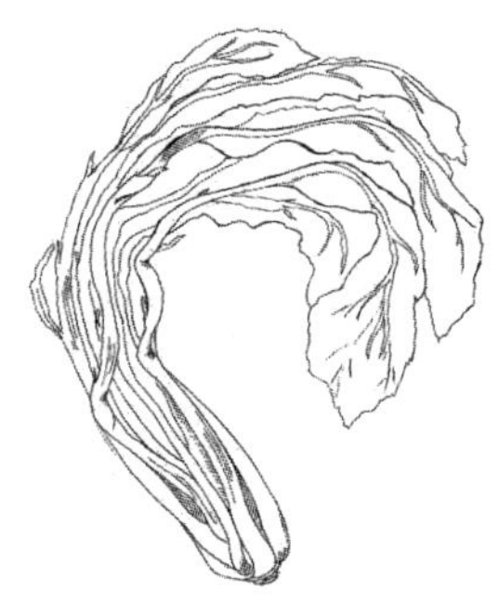

这个菜，名字也不少。

有的地方叫它雪里红，有的地方叫它雪里翁，我的故乡，叫它辣菜。

不知故乡为何这样叫它？它辣吗，似乎不辣，只是故乡人这么叫它，我也习惯叫它辣菜了。

入冬，一场大雪接着一场，白菜进窖了，似乎刚要抒发情感，吟唱一句“白茫茫的大地，真干净”，忽然发现不远处，有一丛绿，定然一看，是雪里蕻。这菜，有仙风道骨。

天地之间，很空旷。

唯有它，是一个白头翁。

绿袍，一头的雪。很干净的菜，适合在天地间，做一个孤独的修炼者。

我只知道，这种菜，是入冬后，要食用的，也许入冬后，菜缺了，这种菜，不怕冻，是能吃一冬的。

这菜，要腌制而食。

洗净，不用切碎，整株放在缸里，放上盐，就好了。

雪里蕻，我家通常会种上一片，这叶子阔大，叶边有锯齿状。

这名字，听起来像个女人。

《广群芳谱·蔬谱五》记载：“四明有菜名雪里蕻，雪深，诸菜冻损，此菜独青。”这菜，耐冻。

或者说，这菜，骨头太硬。

如果一场雪落下，别的菜，叶子都烂了，只有雪里蕻独青，像不像一个清高的大侠，在雪里独行。

这菜，实质上不是贵族，具有平民化气息。清代的李邺嗣云：“翠绿新齑滴醋红，嗅来香气嚼来松。纵然金菜琅蔬好，不及吾乡雪里蕻。”

这菜，腌制好，拿出来，用刀切碎，辣椒切碎，拌在一起，滴上香油，即可食用。

雪夜，归乡。

招待一个人的，不需要太多的菜，一盘腊八蒜，一盘雪里蕻咸菜，即可。酒，是杞国酒，一杯酒入肚，乡愁顿解，全身舒坦。

上面的诗，有一个“齑”字，在古代的文字里，和咸菜走的最近的字，就是这个“齑”字。让我想起来了一个成语，叫“断齑画粥”。

文莹《湘山野录》里记载：范仲淹少贫，读书长白山僧舍，作粥一器，经宿遂凝，以刀画为四块，早晚取两块，断齑数十茎啖之，如此者三年。

这个“齑”，便是切碎的咸菜。

也许，形容一个人贫穷坚守，这个成语最好不过，在冯梦龙的笔下，我又看到了一个比这个词更好的，那就是“齑盐自守”。

也许，在范仲淹的生活里，一定有雪里蕻的影子，这菜，好养活，不费力，且产量优于其他。

在故乡，每一家都有一个咸菜罐子，或一个咸菜缸，这是一个小康家庭的象征。那时，所谓的小康，就是缸里有咸菜，吃馒头时不至于寡淡无味。

在那时，雪里蕻是身价的象征。

一盘雪里蕻，喂饱童年。

8. 荸荠：丑陋的旅行者

年关，卖荸荠的人多了。

父亲出门，看见黄昏里，一个人，挑着担子，前面一篮子荸荠卖完了，后面的一篮子，剩下一半。

这荸荠，粒粒饱满。

只是，它们样子较丑，一团漆黑，似乎这样的食物，无人偏爱才对。

但是，如果剥了皮，这东西倒是晶莹了，凝如细脂。白，且嫩。

或许，这颜色应该是美人之色，白嫩，有光泽，据说郁达夫的夫人王映霞，有“荸荠白”的雅号。

如果不剥皮，这荸荠，颜色暗哑。

清代人唐岱《绘事发微》云：“墨色之中，分为六彩。何为六彩？黑、白、干、湿、浓、淡是也。”这丑陋的食物，还描绘出如此诗意的文字，是不敢想象的。

荸荠，是年关必需品。

每一户人家，都会买一些。

有些人，清水煮荸荠吃。最主要的是蒸枣花要用。说起枣花，或许是河南人的特色，就算河南人，有些地方也不知它到底是何物?

这枣花，做法简单，用面打底。上面盘踞一些飞鸟、花草。这在陕北，叫作面花，然而在中原，却叫枣花。听名字就知道，这面食本来是用枣来点缀，枣太贵了，买不起，便用这荸荠代替了。

枣花，代表一种礼节。

闺女回娘家，枣花是头一等重要的礼物，没有枣花，父母大多不高兴。荸荠，就充当枣花上那些花草虫鱼的眼睛。好看，且有食欲。

荸荠，在河南，是一个大词。似乎，它与春节之间关系密切。试想，中原人躲在家里，吃着荸荠，盼着年，这是多么美好的画面。

翁偶虹先生在《北京话旧》里说："除夕黄昏时叫卖'荸荠'之声，过春节并不需要吃荸荠，取'荸荠'是'毕齐'之谐音，表示自己的年货已然毕齐。"

北京，国之都，城里面的人，也吃荸荠，这多少和老家有些相似，只是他们不需要吃荸荠，取一种祝福，表示年货已办齐，而故乡，荸荠也多是在最后时刻去买，不知这中间有多少文化的暗合性。

在故乡，它有另一个名字。

地梨，或地栗。我也不清楚，只是发这个音。或许称地梨更合适些，它汁液饱满，犹如脆梨。

翻看书，我找到了它的源头。

古称凫茈，《尔雅》里记载，因凫鸟喜食而得名，到底凫鸟为何物，不得而知，只知道它有了这个文雅的名字。又因为它形如马蹄，故称马蹄。

其实，我觉得荸荠，看起来虽丑，入画却俏。无论是紫砂的荸荠壶，还是画中之荸荠，皆美。

你看，画中之荸荠，最上面，几瓣尖芽，如鸟喙突出，意趣横生。

这是文人关注的事，于我而言，最关注的，莫过于吃。荸荠，到底滋味如何，看一下记载就明白了。

在江南，它和芡实、茭白、莲藕、水芹、慈菇、莼菜、菱，一起称为“江南水八仙”。在中国，“八”似乎是一个吉祥的数字，神仙中的八仙，个个有故事，不知道这八仙，有无。

我吃荸荠，生吃居多。

吃一口，白的汁，顺嘴流下。这乳汁，甜甜的，且入口有后味。

文人喜欢吃荸荠，似乎和老百姓一个水准，或许是好东西，不分阶层，人都爱之。清代诗人赵翼在《晓东小岩香远邀我神仙馆午饭》里写道：“君不见，古来饥荒载篇牍，水撷凫茨野采蔌。”只是，这描写的文字，有些说理成分。并未说道它的好处，是否美味？

荸荠的名声，得益于文人。它被现代作家所推崇，譬如鲁迅、周作人。这两个从江南水乡鲁镇走出来的文人兄弟，同样喜好荸荠。

鲁迅在文中记载，“桂林荸荠，亦早闻其名，惜无福身临其境，一尝佳品，不得已，也只好以上海小马蹄代之耳”，可见这文学巨匠对荸荠的钟爱。这先不说，作家萧红去鲁迅家做客，多次看见他家悬挂着风干的荸荠，似乎这鲁迅有了荸荠瘾。

周作人，在《甘蔗荸荠》里：小辫朝天红线扎，分明一只小荸荠。这生动的文字，形象地把一个乡下的孩子，协同荸荠一起在记忆里复活。

那时候，姑娘的辫子，通常朝天扎着，着一身红衣，犹如神话里的善财童子，惹人怜爱。

入冬，一盆清水，一捧荸荠，足矣！

张爱玲，在《半生缘》里写道："曼桢来到世钧的家里，曼桢穿得少，冻得瑟瑟发抖，世钧拿自己的细绒线衫给曼桢披上，两个人在煮荸荠的火盆旁对坐，一边听瓦钵里荸荠咕嘟咕嘟地响，一边剥热荸荠吃。"这火盆、荸荠，让我想起了豫东平原。

太冷了，父亲劈好柴。

母亲，往火盆里加柴，火盆上，一盆清水，诸多荸荠。一群孩子，等待咕嘟咕嘟的响声，眼巴巴地望着。

熟透，一片咀嚼声。

儿时，最好听的声音，不是音乐，而是火盆煮水的咕嘟声。

我最喜欢的散文家是汪曾祺，他在《受戒》里，也有关于荸荠的介绍，只是极简洁。

"小英子挎着一篮子荸荠回去了，在柔软的田埂上留下了一串脚印……这一串美丽的脚印把小和尚的心都搞乱了。"这乱心的人，多年之后，成了我。

每次看见荸荠，心便不能安定，定会想起故乡，想起一头白发的母亲。故乡，无荸荠。但荸荠，也入心已久。

9. 荆芥：去东京，吃一盘荆芥

荆芥二字，应该分开看。

荆，说明属性，芥，说明味道。

在河南，荆芥是大义之物，整个夏天，靠它支撑汤面的味道。西红柿先行，汤面的色有了，似乎还缺点味道，一把荆芥叶，味就全了。

日午，该回家做饭了。

母亲，拐进菜园里，掐一把荆芥的嫩叶，摘几个西红柿，就回家了。

天太热，人有些浮躁，需要凉菜让心凉下来。蒜泥黄瓜，算一个，凉拌豆角，算一个。但是蒜泥黄瓜，一定要覆盖一层荆芥才有味道，这是老家特有的吃法。

出了河南，蒜泥黄瓜只有黄瓜，再无他物，显得很孤单。故乡人，读懂了草木的孤独，用一些荆芥叶，盖之。

从我记事起，爷爷就嗜好荆芥。入夏，爷爷一手摇着蒲扇，一手用筷子夹一些荆芥，送入嘴里。吃高兴了，便唱起《倒霉大叔的婚事》，那个美，似乎已经到了心里。

这菜，为何如此受家乡人的偏爱，“荆芥”一词，到底源自于何处？

宋代的《本草图经》：辛香可啖，人取作生菜。明代的《三才图会》：生汉川泽，今处处有，初生生香可啖，人取作生菜。

似乎从一些古书里，能找到荆芥的影子，但是言之不深，一语带过，远没有故乡人对荆芥的执着。

夏季太热，性子有些烦躁。

一把荆芥，让人清醒，或许有着独特气味的菜，总能让人怀念，譬如：香椿、大蒜。它们，定能在人心处，用辛辣或异香，一点点赶走烦躁。

这荆芥，虽说药食两用，但是做药的时候多些，或许这样说，它是一味良药。我翻看中医的医书，长长一串药方，让我有些吃惊。

盛夏，太热。一头扎进河水里，见风便头疼了。“八月后，取荆芥穗做枕，及铺床下，立春自去之。”这方法一直用着，祖母的枕头，就是荆芥籽的，用了好些年。

如果牙疼得厉害，母亲便找一些荆芥根和葱根，点火，煎水，服下。一两日，就好了。

说实话，我挺喜欢中药的，都是草木，我觉得万物之内，和人绝配的只有草木，它有一颗素心。

草木的淡，能治人的欲。

对于中药，必不能乱吃，否则有一定的危险因素。蔡绦的《钱围山丛谈》里说，黄颡鱼和荆芥不可共食，否则立死。人嗜好荆芥，倒有些后怕了。

在故乡，好在没有因为荆芥死去者，所以它声名甚好，有时看到药膳里，还有荆芥粥，便觉新奇，这东西，这么辛辣，熬粥能好喝吗？

这些年，一直也没敢尝试。

读冯杰的文字，看见描写荆芥的地方，感觉有趣。他说，种荆芥时，不可抛得太高，防止荆芥跌死。乡下人，一直对这话，深信不疑，给荆芥赋予人的色彩，看起来，在乡下，荆芥也有浪漫情怀。

籽入土，一场雨，荆芥就破土而出了。它，在土地上，安静地长着。

小时候，一个人，听父亲说书，说到《西游记》第三十六回：寻坡转涧求荆芥，迈岭登山拜茯苓。我顿时兴奋了，这乡下之物，也入了古书。

在乡下，夏季最有世俗相。

女人的大腿，男人的光膀子，都是夏季的不雅。只有荆芥和一些蔬菜，是安静的，它们不说话，在内心里嘲笑他们俗不可耐。

二大娘，很小气。她家的菜园里，荆芥繁茂，一家人定然是吃不完，许多人顺手去她家菜园里掐一把下锅。二大娘就去骂街了，那抑扬顿挫的声腔，在乡村里流动着，像一阵风。

此后，二大娘便落了个“老鳖一”的诨号，如果不在河南的语系之内，定然不懂这句话的奥妙。

形容一个人的小气，再也没有这三个字来得生动了。

故乡，位于开封。

这是什么地方，北宋国都啊。当时的开封，可以说是每一个人，都想要去逛一逛，读读宋词。

那时，荆芥不叫荆芥，叫京芥。以京为命，说明一个地方的自大来。只是后来，它沦落了，犹如一个贵族成了百姓，心里一下子接受不了。

我想，荆芥的心境，一定和人心一样，有些苍凉了。以前，来东京，不吃一盘荆芥，等于没来东京。

或许，苏轼吃过，柳永吃过，王安石吃过，只是已经不可考证。它，被人举过头顶，让人崇拜。

只是，破落后，再也没人记起它。只留下“吃大盘荆芥”的荣光，还在炫耀着一个人，见过世面。

东京消散了，留下开封。

开封，和东京相差甚远，一个是帝都，满身紫气；一个是贫穷的城市，一身桑麻，躲在宋词里。

最近，读周作人，感受到一些深意，一个人，活着活着，就活明白了。或许，早年的错，也淡然了，用一颗平和的心态，去看一切。

人，对他侧目，也不在意了。

他，不再难受，半是儒家半释家，光头更不着袈裟，这人，活到了一定境界，便会躲进佛家的被窝里。

我想，周作人没见过荆芥，如果见了，定然一见如故。他和荆芥，似乎都有一种内在的苍凉，出了河南，荆芥便如草木，无人问津。周作人在当时，名也轻了，也无人高看了。

作为中药的荆芥，还在活着。作为食材的荆芥，也没了大盘荆芥的贵气，它只在小范围内，活着。

一个人，回乡，遇见荆芥，便想起了太多的回忆。

回故乡，定吃一盘荆芥。

我时常这么想。

10. 芫荽：隐士风流

如今，芫荽四季都有。

说芫荽，一些人会不适应，因为它们被习惯冠以香菜的俗名，我觉得芫荽的叫法很文雅，像从远古走来的隐居之人。故乡，一直叫它芫荽，说明北宋虽不在了，但这文雅还在。

似乎，芫荽霸占着一年的时光。其实故乡的芫荽，也分时节，以过年前后，最为好吃。

过年前，芫荽是泛红色，团在一起，像个长不大的孩子，春节过后，天就暖了，这芫荽就长疯了，嫩绿、细长。但是，味道却不如年前泛红的好吃，我以为普天之下，就我一个人有此想法，没想到在《锦灰堆》里，看到京城大玩家王世襄和我一样，也钟爱这种感觉，他在书里说："细而长不如短而茁的好。"

说实话，芫荽的味道独特。

是那种臭臭的感觉，现在大棚里的芫荽，气味并不明显，只有长在露天的郊野，才气息浓郁。

这味道，到底怎么样呢？

在故乡，有一种虫叫作“椿象”，又叫“臭大姐”，只要你摸一下，这味道能缠绕你半天，这味道，和芫荽相近。

所以，很多人，都不爱吃。就连以写饮食著名的大师——汪曾祺先生，也不喜欢。在《故乡的食物》里说：我曾夸口，说什么都吃，为此挨了两次捉弄，一次在家乡，我原不吃芫荽，有臭虫味……铺中管事弄了一大碗凉拌芫荽，说“你不是什么都吃吗？”从此我就吃了芫荽。

从此处可见，芫荽不受人待见。怪不得，在古诗里，一直找不到芫荽的身影。只能在周处的《风土记》找到一点痕迹：“元日造五辛盘。”注云：无辛所以发五藏之气，即大蒜、小蒜、韭菜、云苔、胡荽是也。

这里面，除了云苔不知为何物，其他四种皆熟悉。胡荽乃芫荽的别称。因来自中亚，故被称为胡荽。南北朝时，后赵皇帝认为自己是胡人，听着不顺耳，就改成芫荽。

和它有关的野草，也多。你听，有一种野草，叫天胡荽，是一种中药，也叫伤寒草，《植物名实图考》里叫它破铜钱，这名字，有世俗味。

还有一种野草，叫石胡荽，也称野园荽。一听名字，就想起故乡的菜园。或称鸡肠草、鹅不食草。这野草，与生活绑在一起。

而我所念的名字，是芫荽。

说实话，上学时，这芫荽立了大功劳。那时，去镇上读书，每到周五便回家，周日下午才去学校。临走时，母亲总会将调拌好的芫荽放在瓶子里，让我带走，这是几天的菜，是我喜欢的口味。

古人虽说它香辛，药食两用，但是我认为，它侧重于食用。和香椿芽、枸杞芽一样，鲜美无比。

我喜欢的芫荽，还不是那种伏于地的芫荽，也不是细长的，而是那种入春已久，起了苔的芫荽，切成段，加盐、味精，浇上香油，一入口，很具有嚼头。

母亲，不这样吃。

母亲的食谱上，有一种叫腌芫荽的食物。做法简单：将芫荽、小蒜洗净，晾干，一一切碎，放盆内，加盐，揉搓，然后装瓶压实，就好了。等一段时间，打开口，一股淡淡的香，直扑鼻孔。

芫荽，吃法甚多，在乡下一般不做主打，而是用作配菜，为了增色，提味。在乡下，芫荽一般和牛肉，搭在一起，一种泛红，一种碧绿。色彩搭配，恰到好处。

芫荽的花，少有人提，是那种细碎的白花，很是淡素，不招摇过市，安静的样子，像个隐士。

结实后，让它长老。这是故乡的说法，按照需要的逻辑，应该让它成熟，饱满。割去，一把干芫荽，挂在墙上，或把籽揉下来，放在纸上，包好，来年撒在地里。

入冬，一家人围在一起，饭桌上放一锅，放上火锅料，插上电，听锅里的汤，咕咕地响着，菜虽多，但总离不开一把芫荽。这芫荽，也是一种下食的菜，一家人都很喜爱。

做菜时，芫荽根要除去，这是习惯。但是看美食书上说，芫荽根，味道更浓郁、醇厚。泰国，常用芫荽根做泰式汤和咖喱酱。我国也有吃菜根的，湘菜里有一种叫“擂钵香菜根”的，食材简单：香菜根、土芹菜、秦椒、薤头。

人都说，樱桃好吃树难栽。芫荽恰好不是这样，好吃，也好栽。一把籽入土，几天就钻出地面。是嫩嫩的那种，很是可爱。这菜不用过多经营，不费精力就能繁茂。

但是，书上却记载一个笑话，和芫荽有关。宋代有个读书人，叫李退之，带着儿子住在郊野，一边读书，一边灌园，像个隐士。

一天，一个园丁教他种芫荽，切一再嘱咐，播种时，一定要口诵秽语，才能茂盛，这可难住了李夫子，种芫荽时，只说一句：夫伦之道，人伦之始。

为得一把芫荽，点活了一个读书人的形象，这芫荽，也算值了。

入冬，草木枯了。只剩下远处的菠菜，和它迎合着，这菜一定孤独，长在天地间。

你听，空旷的野外，只有风掠过，就连飞鸟也不见了。地上，团着一座佛，是芫荽。

有时候，也会在冷气的逼视下，掐一把芫荽回家，买一块豆腐，放一鱼头，慢慢地熬着，香味出来时，撒一把芫荽，这就是所谓的“鱼头豆腐汤”。

汤虽美，如果缺了芫荽，可能就是另一番滋味，一个人，喜欢芫荽已久。

少了它，便觉无味。

或许，芫荽已入骨。

11. 黄瓜：牛衣古柳卖黄瓜

一个人，喜食黄瓜，已不是什么秘密。

清晨，坐在院子里，不抽烟，不喝茶，将一盘黄瓜，切成细段，慢慢吃着，也是一件趣事。黄瓜，是一种家常菜，或者说，是一种另类的水果。许多人，吃不起水果，便拿出一根黄瓜，大快朵颐，看似一件幸福的事情。黄瓜，似乎应该属于乡下。城里人，全是钢筋铁骨，黄瓜的枝蔓，无处安置。你看，城市里楼太高，遮住了阳光，完全没有土气供黄瓜呼吸。

生在乡下，骨子里对黄瓜有一种亲近感。

我熟悉黄瓜，犹如我熟悉自己的身体一样，“正二月下种，三月生苗引蔓，叶如冬瓜叶，亦有毛，四五月开黄花，结瓜围二三寸，长者至尺许，青色，皮上有如疣子，至老则黄赤色”。不知道是在什么书里，看到这一段关于黄瓜的记载，觉得这生长周期，很符合故乡。

只是所没有点透的，是这黄瓜叶子，涩涩的，有些刺人。有一次，我去菜园里摘黄瓜，被一片黄瓜叶子，刺伤了脸。一道红印子，在脸上展示了好几天。刚长好的黄瓜，鲜嫩，且有一层刺。

我想，在三月，总会有一个人，在我家的菜园里，担粪、浇水。这个人，是我的父亲，如今已不在了，只剩下一片种黄瓜的土地。空空的，也无绿意。

躲在城市里的我，喜欢夜读古书，看到苏轼不是一个不食人间烟火的人，他笔下的黄瓜，生活气息浓郁。譬如：牛衣古柳卖黄瓜。只一句，勾起我的回忆，让故乡的人和事复活。

三爷，穿着牛衣，躲在柳树的阴影下，高一声低一声地吆喝着：黄——瓜，黄——瓜，谁要黄——瓜？

也许，很多人不解牛衣为何物？其实牛衣就是一种粗麻布衣，这是一种符合乡下人身份的衣服。紫衣、绫罗绸缎，这是望族的符号，咱乡下人，小门小户，一件浆染的布衣，穿梭在土地上，一会给黄瓜掐尖，一会给黄瓜搭架子。

三爷，是我村的种菜行家，他家的黄瓜，总会喂饱我。三爷，原本是一个知识分子，由于成分不好，挨了批，一辈子窝在土地上，没走出过这个村子，他也是一个怪人，是村里唯一一个读书的庄稼人。

入夏，天太热，睡不着，就去菜园里找三爷，他一肚子的故事，当然先吃一根鲜嫩的黄瓜消暑，看到这黄瓜，我就问三爷，这黄瓜不是绿色的吗？怎么就叫了黄瓜呢？

三爷对我说，这黄瓜是张骞带回来的，来自于胡地，所以当时被称为胡瓜。五胡闹中原时，北方少数民族崛起，一个叫石勒的后赵皇帝，很反感汉人称他们为胡人，于是下令语言里凡是带胡字的，一律斩首。一次，他召见襄国郡守樊坦，看他衣服破烂不堪，就问他为何如此狼狈，樊坦说："胡人没道义，抢走了衣服。"皇帝脸一沉。吃饭时，皇帝故意指着胡瓜问之，这下樊坦灵性了，"紫案佳肴，银杯绿茶，金樽甘露，玉盘黄瓜"，这一下皇帝笑了，免了一场血光之灾。此后，黄瓜便在蔬菜里定名了。

闲时，也一个人想，这黄瓜还有别的叫法吗？

翻开书，一查，黄瓜也叫青瓜、刺瓜和王瓜。吴伟业的《咏王瓜》："同摘谁能待，离离早满车，弱藤牵碧蒂，曲项恋黄瓜。客醉尝应爽，儿凉枕易斜。齐民编月令，瓜路重王家。"这灌隐主人，也喜欢歌颂它。

黄瓜分为水黄瓜和旱黄瓜。

在老家，我们吃的都是那种带刺的黄瓜，一直认为黄瓜就是专指这一种。到了东北的锦州，看见另外一种黄瓜，绿中泛白，当地人称它为旱黄瓜，他们吃法简单，一包蒜蓉酱，一根旱黄瓜蘸着吃，这符合东北人喜食生菜的习惯。

汪曾祺说："黄瓜切成寸段，用水果刀从外至内旋成薄条，如带，成卷……嚼之有声，诸味均透，仍有瓜香。这吃法，也是生吃，也许这种吃法，只有细腻的南方人，才能做到，北方人，干不了这绣花的活，一口，就吃下去半根。"

南方有一种黄瓜烧黄鳝的吃法。黄鳝，只听说过，没真实见过，据说形如蛇。人们又暗地里叫它"无鳞公子"，南方水稻田里，多有这种黄鳝。这种黄鳝，白天藏于泥水的洞穴里。夜晚，用一盏灯，或火把，或松明照亮，就可捉得泥中冬眠的黄鳝。

切断、清洗、腌制。油锅中翻炒。然后把蒜切碎，和豆瓣酱一起炒，加入黄鳝、黄瓜。加点葱花、味精即可。

在山东济南，有一个文人叫王贤仪，他写了一本书《辙环杂录》，里面记载着山东的歌谣："花下藕，苔下韭，新娶的媳妇黄瓜丑。"这里全是写的食材，荷花下的藕，人喜欢，出苔的韭菜，割掉，然后吃新的一茬，味道鲜美。我所理解的新娶的媳妇，就是这种刚长好的鲜嫩黄瓜，黄瓜刚长出时，物以稀为贵。

《帝京景物略》："元旦进椿芽、黄瓜……一芽一瓜，几半千钱，其法自汉已有之。"我想说的是，这是哪里的黄瓜，成熟的这么早。

中原的黄瓜，不到五六月份，定不会上市。宋代陆游云："白苣黄瓜上市稀"，说明这黄瓜曾经是贵族，只不过到现在家族败落了，入了百姓家。

我认为，黄瓜最好凉拌。不用切，用刀一拍，就碎了。然后草草一剁即可。加盐、醋，蒜臼捣烂蒜，浇上即可。再浇几滴香油，闪在鼻尖上，味道更好。

一个人，把黄瓜当成帝王已久。或许，整个中原，都是它的妃子。

12. 扁豆：满架秋风扁豆花

入秋，扁豆定然爬满墙了。

绿叶，淡紫色的花，把乡村点缀成一幅乡下扁豆图。

这植物，倒也菜如其名。顺着墙根，点下几个扁豆籽。其实，种蔬菜，故乡总用这个“点”字，具体因为什么，不得而知。似乎，这个“点”字，更具有乡土气息。

一场雨，这种子就会破土、抽芽。接着，顺着一场风，就会一叶叶覆盖，一枝枝攀爬。记忆里的故乡，土墙低矮，这些扁豆秧便会爬满墙。有些有心人，还会找一些木棍，给它们搭架子，让它们顺着架子攀爬。

在齐白石的《扁豆秋虫图》里，一根木棍，漆黑笔直。上面栖息着一只蝗虫，黄头、灰翅，很是好看。下面便是扁豆藤胖大的叶子，以及用朱砂点画的扁豆，将绿扁豆，画成绯红色，看似鲜艳了，却少了现实感。恕我孤陋寡闻，可能世间存在着红色的扁豆吧，只是我没见过而已。

这齐白石老人，笔下的画生活气息浓郁。他一定知道，乡下的矮墙、篱笆上，缠绕着一藤的扁豆，正青青几许，等待一双带有温度的手，把它带回家。

这扁豆，有些弯弯几许，像一把镰刀。

把扁豆的筋骨抽掉，一碗水，几把火，就煮好了。碧色青青，调拌，倒入白玉色的瓷盘内，看起来很有食欲。这是清淡的吃法，也是我所钟爱的。

这是一种家常吃法，类似的有很多。在乡下，人们总是称呼扁豆为“四季莓”，不知何故。这东西，喜欢的作家很多，爱吃的汪曾祺，荷花淀边的孙犁，还有与鲁迅骂战的苏雪林，都喜欢扁豆。

我也喜欢。这菜，吃法多样。

江苏一带，大都用酱油单烧，不带汤，有的加芋艿子同烧。如果加一点干红辣椒，味道更好。倘有亲友来访，可以在豆棚下现摘扁豆，买肉若干，合而烹“扁豆红烧肉”。似乎，肉配扁豆，也是极好的，红烧肉，肥嘟嘟的；扁豆，瘦瘦的，合在一起，确实有红肥绿瘦的感觉。可能有一些人，就馋这一口。

袁枚在《随园食单·杂素菜单》记载：“取现采扁豆，用肉汤炒之，去内存豆；单炒者，油重为佳，以肥软为贵。毛糙而瘦薄者，瘠土所生，不可食。”这扁豆，也分三六九等，似乎人间很难有真正的公平，取食材尚且如此。

还有一些，是和肉一起翻炒，扁豆得肉之味，别饶肥腴；肉得扁豆之香，香气溢满口。母亲的扁豆，毫无章法，有时候清炒，有时候凉拌，给年幼缺少丰腴的我们，留下了一些念想。

文人与扁豆，似乎很难分开了。读其诗，食之味。山中宰相陶弘景在《名医别录》中说道：“扁豆，人家种之于篱垣，其荚蒸食甚美。”在故乡，人常吃蒸面，上笼，蒸八成熟，然后将扁豆炒熟，和面拌在一起，再上笼蒸。

清人吴其浚在《植物名实图考》卷一中这样记述扁豆：“观其矮棚浮绿，纤蔓萦红；麑眼临溪，蛩声在户。新苞总角，弯荚学眉；万景澄清，一芳摇漾。”这扁豆，怜人喜爱。也许，深夜，星星漫天，一瓜棚，一点微火，是抽旱烟的人发出的。看这描写，或许是江南的扁豆，溪水明镜，秋虫低吟。

说起扁豆架下的秋虫，便想起汪曾祺先生，他在《食豆饮水斋闲笔》一书中写道：“暑尽天凉，月色如水，听纺织娘在扁豆架下沙沙振羽，至有情味。”天微凉，月色照地，许多昆虫躲在草叶之间，咿咿呀呀地唱，犹如一个老旦，一旦起声，便停不下来。

我喜欢“沙沙振羽”一词，这个纺织娘是什么，我不知道，看形状通身碧绿，有些蝗虫的样子，秋风一起，扁豆叶子摇摆起来，仿若纺织娘的振羽声。

难怪郑板桥在诗里说:“一庭春雨瓢儿菜，满架秋风扁豆花”。扁豆花，淡紫色，有一种淡淡的忧伤，似乎在怀念暮秋之流逝，一场秋风一层凉，凉中带悲，一把扁豆被烹煮的命运。

人，活在不同的地方，关注的情趣不同，乡下人，安于泥土。期待与一把扁豆相遇，可是文雅的人，似乎正喜欢菊、荷才对，然而许多的文人，兴趣很一致，也钟爱于一道绿藤。杨万里云：“道边篱落聊遮眼，白白红红扁豆花。”清代学者查学礼云：

“碧水迢迢漾浅沙，几丛修竹野人家。最怜秋满疏篱外，带雨斜开扁豆花。”似乎，豆花成为文人家养的花。

一个人，离家甚久，有时候，一闭眼，就是一棚绿蔓，外加点点灯火。

甚喜的是，我的笔下，仍有人间烟火味道。

13. 土豆：温和的智者

故乡，是一个江湖。

谁家的羊，扯断了绳子，便会跑进别人家的菜园。我喜欢用菜园一词，而不喜欢用菜地，总是觉得菜园一词，有古意，或有江湖气。

《水浒传》里，便有一个草莽英雄，叫菜园子张青，说明这个词，是经过古代文化浸透的。

一只羊，践踏了菜园子，便会看见一个人，颤巍巍地跑出来，这个人是四爷，他手里拿着一个土豆，向这只羊砸去，这或许，是故乡的一个缩影。

土豆，是重武器，有力量。

两个孩子，在搏斗中，除了土坷垃，便是这土豆最有威力了。

土豆，一身土气。暗黄的颜色，让他看起来像个贫寒者。许多人看不起土豆，认为它长相太丑，登不了大雅之堂，只能在乡村里安身立命。

在故乡，男人是土地的主角；女人，是厨房的主角。同一个乡村，谁都了解谁，她们除了比穿戴，还比手艺，厨艺自然也在其中。

看一个人手艺如何，只需要考察一下她切土豆丝的成色如何，就大概知道她做菜的手艺了。一个人，运刀，切丝，薄且不断，可夺得头魁。

土豆，在故乡做法简单。无非是炒土豆丝、炒土豆片。我客居陕北，这里以土豆为食，土豆做法繁多，譬如：土豆泥、干锅土豆、土豆炖牛肉。

故乡，不种土豆。

我们吃的土豆，都是买的成品，至今尚不知土豆是否春耕秋实？

土豆，瓷实。

在故乡，一个孩子胖胖的，有一身力气，许多人便说他像土豆。或许，土豆是一个褒义词，卑贱，好养活，只要给一席地，便能开花，结实。

故乡取名，是一种大学问。

现在的名字，越来越文雅，似乎掩盖了泥土的气息，在故乡，许多人的名字，一听就知道来自于乡下。

“土豆”“冬瓜”“海冬青”。

以菜命名的人，有几个特点：一是形似。如果一个人长得胖，敦实，且白净，便会以冬瓜为名；如果一个人敦实，且一脸的暗黄，多半是土豆了。二是以颜色为名。一个人脸黑，多是海冬青了；如果脸白白的，多半取名莲藕了。乡下，一个村庄有四成的人，以菜为命，在土地上奔跑。

我认为，土豆随遇而安，像一个智者，他是被贬后的苏轼，总能以此地为家。曾经看了一篇文章，写的土豆花，我没见过土豆花，自然体会不到此文的乐趣。

陕北人做卤，里面必有土豆丁，似乎没有土豆，便觉得这卤不像个卤的样子。

我，不太喜欢土豆，总觉得它淡淡的，不好吃。可是我儿子，爱吃土豆，每次吃面，先挑土豆吃，然后才吃面，喝汤。

如果说土豆是一种武器，必须给它起一个名字，那么我认为它应该叫锤。一个有力量的菜，才会盘踞中原。只是，在所有的侠客里，用大锤的人，并不多见。

也许，只有李元霸、裴元庆，宋朝更多，《岳飞传》里，有八大锤，个个是英雄，童年的记忆，有一菜园，四爷给我讲《岳飞传》，直至满天星斗，才安然入睡，一个人的启蒙，是在古书里，比现在的幼儿园更有趣些。

14. 勺菜：乡下的常客

勺菜，是中原常客。

中原村子稠密，一个挨着一个，格局相似，一个外乡人，如果来到中原，不管哪一户，一进院子，定是一片菜地，种的最多的，就是韭菜、勺菜、芫荽。

入春，韭菜嫩黄。芫荽也褪了红色，一片青绿了。只有这勺菜，内卷，向外生，叶子形如小白菜，柄部宽大。许多人取笑它，说它肉多，像一个大屁股的乡下妇女，肥嘟嘟的。

只是，很多人不知这勺菜为何物？这叫法，或许只有故乡有，别的地方叫它瓢儿菜。

中国文字，象形居多。我想，在古代，这个勺子，一定像极了这青菜，这种蔬菜，注定与厨房有缘。否则，也叫不出这名字。

一把勺子，炒着勺菜。加盐、味精、酱油，翻炒，入盘，绿意盎然。

诗曰：一庭春雨瓢儿菜，满架秋风扁豆花。这郑板桥农家生活经验丰富，这个“庭”字，用得太到位了。

一雨烟色，落在院子里。春雨贵如油，这雨水滋润青菜，愈发鲜亮。或许，繁茂的姿态，是陶渊明想不到的，在文字里，陶渊明永远是一个笨文人，种地不得要领，杂草丛生，豆苗稀少，哪像这郑板桥，春吃勺菜，秋享扁豆。

说起勺子，含义丰富，在新疆，勺子有傻子的意思，也有怜爱的意思，这青菜到死也不知，这勺子语义丰富，于它而言，意味什么。

或许，是说它傻，一入土，便努力撑破土地的肚子。或许，是说它受人怜爱，长在庭院，入锅甚美。

也许，江南水乡，似乎成了怀古之地。在文人的书卷里，石头城、金陵王气、秦淮河、乌衣巷，都似乎有了另一种所指。可见，这里，摆脱不了亡国的声音了。

“荒园一种瓢儿菜，独占秦淮旧日春。”一园青菜，居然是繁华过后，唯一的生机，让人有些失望。

勺菜，吃法甚少。

清炒居多。但是这菜单独炒，似乎并不好吃，许多人，就不单独入菜了，而是作为配菜享用。这绿色，搭配一些红，搭配一些白，都恰到好处。

如果煲汤，勺菜也只是上面漂几片叶子而已。清汤寡水的，需要这菜。如果在汤里加一点豆腐，是不是就是清白一世了。

只是，古人只关注山水、花草，很少有人关注一种汤的诗意，在古今这么多年里，也只有一个袁才子，喜欢研究饮食，近代的，汪曾祺算一个。

我，是一个远离庖厨的人，这里并不是要标榜我是个君子，而是传达出另一个细节，我这人太懒。

我负责买，妻负责做，各司其职。

一次，我去菜市场，看见一捆勺菜，就突然冒出了河南方言，问的卖主一愣，好久也没反应过来。我一下子意识到，这里非故乡，这里缠绕着另外一种语系。

原来，这勺菜，是属于河南的。

或许，一种菜，是全国的，但是一个名字，只属于一个地方也好，省得到处始乱终弃，留一身骚。

在勺菜的语义里，还有一些灯火，还有一些人，也是在他乡看不到的。一灯照白发，始是报恩时。

每到春，便想起母亲受难日。

奶奶提议，煮一碗素羹，豆腐、黄花菜，外加一把花生米，最后扔一些青菜，我们都喝。

这仪式，只有我家有。姐姐和我，少时没心没肺，看奶奶哭了，还觉得矫情，直到如今为人父，才突然觉得难受起来，这几年，我再也没喝过这羹汤，奶奶也去世了，只剩下母亲，守着一院子孤独。

我在文字里，给这汤取一个文雅的名字，叫作内心青葱。或许，一个人开始明白感恩以后，才算真的长大了。

入冬，这勺菜叶子开始黄了。活得更像母亲了。青春被时间磨灭了，只剩下内心，更加柔软。有时候，她对着我的照片，也能看上一天。

母亲，开始絮叨了。我也开始丢下手头的事，愿意听她说了。

15. 槐花：五月的语言

一个人，活在花事里。

春深处，总有一些人，变着花样去折腾。他们折腾完了桃花，去折腾梨花，搞一些所谓的这个节、那个节，其实，这哪里是喜欢自然啊，只不过是一种变相的炒作而已。

一群人，蜂拥而至，草木，不得安静。我喜欢，一个人，顺着山路，去听听风，去看看草木。探看一些花，是否活得安然。

我所居住的陕北，除了苹果花是大规模生产外，其他的花，都是小门小户的过日子。这好像在一个名曰春花的村子里，突然有几户人家，是异姓人，姓桃，姓杏，或姓梨。

或许，还有一种花，开在路上。是槐花。

槐花，是散养的花。它比家花好养活，也比家花野，春风过，一树的繁茂。中原的槐树多，门前都是这种树，你看，“薄暮宅门前，槐花深一寸”（白居易《秋凉闲卧》）。这白色的花，开得正旺。

槐花开了，它的香，淡淡的。顺着风，先是村西的人闻到。

这花是那种白色的小花，一簇一簇，它安静地开，安静地落。起先是那种奶黄色，团在一起，后来完全打开时，就成了雪白的世界。似乎，面对槐树，我热衷的不是槐实，而是槐花，一个人，居乡下，一树槐花，清香入肺。

这白，如雪，一簇簇地开着，比雪更浪漫些，树下，摆一圆桌，几个木凳，最好有几个好友，围着喝茶、聊天。你听，啪嗒一声，掉一朵，落在头上。人头上，多了一朵小花，似乎这修饰的手法，也如此安然。

一个人，躲在槐树下，读着白居易的“凉风木槿篱，暮雨槐花枝”。雨中的槐花，多半落了一地。

其实，槐花开，赶蜂的人也来了。

一个人，顺着光阴，去看一眼原生态的槐花。花，很野。树，也很野。

在他乡，走着。听见陕北的婆姨，讨论槐花麦饭，只一句槐花，我的世界便沸腾了。槐花麦饭，只在陕西有，故乡没有，但这不是我关注的重点，我喜欢把槐花麦饭断开：一片槐花，覆盖了村庄，一顿麦饭，让整个村庄的炊烟，开在天空里。

槐花，是一个分隔符号，把我自己，从此岸扯向彼岸。

槐树，是孤独的。它的邻居，是梧桐。梧桐落凤凰，这是一棵贵族气质的树，而槐树，却是寒门。

在故乡，我们习惯于把这树叫作刺槐。有刺的树，是倔强的。看到这些树，我第一个想到的时代——魏晋，这槐树，有魏晋风骨。一身的硬气。它不取悦于人，谁来此处，都是一身的刺。

春天无柴，是一段空白期。每一户人家的斧头，都拿木头出气。我对于槐树的认识，是通过祖父遗留下来的一把斧头。那时，灶台前，空了，需一堆柴火，我拿起斧头，朝着这刺槐就是一斧头。力道很大，但是树，似乎只有一个豁口。

于是我知道了，在故乡，有两种树，是硬骨头。一个是枣树，一个是槐树。它们是树的首领，在故乡，开辟了一个理想国。这两棵树，一个在春天，救命；一个在秋天，馋人。

一天，读到魏晋文人，忽然觉得，这两棵树，一个有嵇康的脾气，一个有阮籍的脾气。枣树，喜欢活在自己的世界里。应该像嵇康多一点；刺槐，骚情一点，花开得艳一点，喜欢招蜂引蝶，似乎像阮籍一样，喜欢邻家当垆的老板娘。

谷雨前后，家乡的槐花，似乎应该成海了。先是那种扁扁的花，淡黄色。很文雅，风一过，花就开了。风亲过的槐花，完全打开了。是泛白色那种，满树繁花。

喜欢一个人，爬上树，躲过刺，大把大把地吃花，和陶潜一个嗜好。那甜，是淡淡的。有槐树的春天，是真的春天。

小脚的祖母，总是在树下，颠颠地跑着。手里，拿着箩筐，一朵一朵地择净，过水，上锅。

槐花饼，是一个人，回乡的理由。一个人，命里有槐花，是一件多么幸福的事。这花，是一树文字。零碎，却满是乡村的味道。母亲，是故乡最大的一棵树。根，深扎豫东，头顶，却开满了花。每一朵，都有或喜或悲的往事。

村人常说：村里的槐花，村外的麦。

麦子，是豫东最大的地主。它占有的土地最多，村里的人，都是它的长工和佃户。这时，春风得意，麦子饱满。其实，老人言：青黄不接，大多说的是这个时候，人饿，于是跑进麦田，腋下夹一捆麦子，或脱壳，或火烧，都是上品。

麦子煮熟，做成捻转，泼上蒜汁，很入口。这是豫东的麦饭，和锅里的槐花，遥相呼应，共同组成了豫东的饮食风俗。

野草，在谷雨后，都退场了。人们不再爱它们，说人喜新厌旧，似乎有点冤枉了他们。草，不能糊口，便从灶台上退出。其实，在故乡，灶台才是最大的“秤”，谁能坐稳江山，谁就是帝王。

春天，野草坐过一阵，似乎还没暖热屁股，便急急被推翻了。再后来，是槐花，再后来，是麦子。它们，都是短命的，这让我想起清代，所有继承的皇帝，似乎都活不久。这和灶台上轮流坐庄的草和花，多么契合，给春天，贴一个标签，也是清代的旧制。

清代，是苦命的。故乡的人也是。中原，本就是一个苦命之地。蝗虫，飞过；旱灾，跑过；战事，太多。舒坦的日子，似乎没怎么过几天。

多想，一个人，和槐花对望。

看它，如何屏蔽掉一些俗世。兄弟阋墙，必有干戈。夜晚，似乎好些。空气里，闻不见贼气，但是，第二天，鸡圈，羊圈，一片狼藉。槐花，在高处，不说话。它目睹，一个男人，被夜晚吞没。然后，磨刀，杀生，一家人，围火解馋。

槐树，拼命地叫他们回头，但是他们听不懂草木的语言。槐树，心善，多想对他们说一句：孩子，醒醒吧！当一个人，被警察找上门，才开始知道害怕。他走时，回头看了一树槐花，是那么刺眼，不知是否读懂命运的谶语。

在故乡，不想去考证槐树的历史，更不想用泥沙俱下的形式，去搅乱乡村，我喜欢，温水般的语言，把乡村，写透。给乡村一点颜面，毕竟，它还活着。

活在心里，活在远方。

在乡村的国家里，我、槐树以及麦子，都是它的臣民。只是，我衍生出的产品，叫乡愁。槐树和麦子，衍生出的产品，叫饮食，或者是舌头上的中原。

一个人，越走越远，往前趟一步，就不见了故乡。

16. 枸杞：有风骨的刺

喜欢枸杞，是因为一个字。

里面那个杞字，我爱了三十多年了。一个字，被人念念不忘三十多年，是不是有点惊奇。

我的故乡杞县，古称杞国。

杞，罗振玉依据《说文解字》解释说：杞，枸杞也，从木己声。再加上《诗经》里有“陟彼北山，采杞言其”，很多人，认为这杞，就是枸杞了。于是便武断地认为，古代的杞县，一定有太多的枸杞。看到这，我哑然失笑，在古代，故乡没有枸杞，这里的杞，是指杞柳。

乡人不吃枸杞芽，只吃柳絮。

吃枸杞芽，或许是西北的习惯。在宁夏，枸杞较多，他们除了吃枸杞芽，还喝枸杞茶。

故乡的枸杞，躲在中药房内，一个人，肾虚了，便会抓一包中药，打开一看，枸杞过半。吃了半月，感觉精神多了。故乡人，一提起枸杞，便和男女之事连在一起，他们不读书，不知道这枸杞，在古代，是养生的关键。

据说孙思邈泡枸杞酒，活了一百四十多岁，这在古代算是长寿了。故乡人，能活到一百岁的较少。看起来，他们应该多喝枸杞茶。

医术先行，文人便信了。

白居易、苏轼都在菜园里，种起了枸杞，他们一边欣赏，一边研究吃法。我想，春来吃枸杞芽，秋来喝枸杞茶，冬天喝枸杞酒。

枸杞芽，到底如何，不知道，我只知道，它和“马兰花芽”“荠菜芽”并称春野三鲜。此生，只有幸吃过荠菜芽，淡淡的，很是爽口。

陆游，曾写过：“雪霁茆堂钟磬清，晨斋枸杞一杯羹。”这个文人，居然用枸杞熬粥，我猜想，每天起来后，他必喝一杯。这习惯，较好，在研究吃的文字里，我看不见那个忧心忡忡的诗人，认识了一个在草木上，研究吃法的读书人。

枸杞，带刺，有一定风骨，但人却不避。它吐嫩芽，硬骨里有一颗柔心。徐光启在《农政全书》中说：“村人呼为甜菜头。”甜菜头，一词很可爱。在故乡，我习惯了吃白菜根，甜甜的，我们称之为甜菜根。

没想到在食谱里，竟然有甜菜头和甜菜根，它们组合在一起。只是，没人这么吃过，我想这样吃，可惜故乡没有枸杞。

爱吃枸杞的，非我一个。

在《红楼梦》里，三姑娘和宝姑娘想吃枸杞芽了，便让人去买，给了五百钱。枸杞便宜，这五百钱能买一堆了，人便笑她们是大肚弥勒佛。

她们想吃的，是油盐炒枸杞芽。

翻看古人，看到清人有吃枸杞美容的习俗，便想通了她们为何钟情于枸杞芽了，她们也怕失了青春啊。

我觉得，还是凉拌的好吃些，过热水，加香油、盐、醋，拌匀即可，这吃法，汪曾祺在书里写过。

我也想吃，但是苦于遇不见它。

或许，越是吃不上的东西，越是想念，如今的我，渴望吃一次枸杞芽，解一解三十多年的馋意。

17. 香椿：溪童相对采椿芽

三月，喜食椿芽。

这是故乡的叫法，嘉兴人叫它香椿头。

春三月，古人有风俗，叫作吃芽菜，又叫作发陈，似乎要把身体里的陈气去了，然后一身轻松。很多人说，这发陈，和古人讲究的阴阳平衡有关，天气渐暖，阳气盛了，开始排除内心的陈气。

三月，菜园里椿树吐芽，这里说的椿芽，一定是泛着红紫色模样的那种。民谚云："雨（谷雨）前椿芽嫩无丝，雨后椿芽生木质。"一过谷雨，椿树叶就老了，就有了木的属性。吃起来，再无那种鲜嫩爽口的感觉。

谷雨前后，有吃春的风俗。这椿与春，音同，所以很多人便吃香椿芽，来寓意吃春光，或吃春色。

椿芽，是中国最为特别的菜，喜欢它的人，一定喜不自禁；不喜欢它的人，会捂着鼻子，走开。

椿芽，可凉拌，可清炒。

金代诗人元好问曰：“溪童相对采椿芽，指似阳坡说种瓜。”采椿芽时，黄瓜该种了，就等黄花落，嫩瓜满架。

《遵生八笺》卷十二说：“香椿芽采头芽，汤焯，少加盐，晒干，可留年余。”

燕子盘巢，香椿吐香。

香椿的芽，透着红，在一片绿叶中如此耀眼。它像个小媳妇，羞红了脸，反而更加可爱了。

这香椿，头茬摘下，舍不得吃，挑进城里叫卖，一个人，放不下面子，不敢走正街，总是沿着小巷叫卖，不到半天，居然卖完了。

第二茬的香椿，才开始吃了。美味，停留在舌尖上。热水过后，放上些许调料，一盘绿绿的香椿芽菜上桌了。

吃不完了，便给亲戚送去一些。在乡村，香椿外交，是行得通的。常不走动的亲戚，年久淡忘，一把香椿芽，又解开了打下的死结。

剩下的香椿芽。切丝、腌制，放在罐头瓶子里。麦子黄时，人在麦田里出死力，这诱人的香椿芽腌菜，便满足了人的味蕾，一身的力气。

在故乡，香椿树，一家有，一片都有了。这香椿的种子，一见风，便跑出了主人的院子，它落在毗邻而居的院子里。

第二年，春风一起，邻居惊喜于一棵香椿芽。有香椿芽，便有一春的乐事。也有人，闻不惯香椿的味道。香椿是树中有风骨的树，像苏轼，像傅山，不会取悦人。

只是这香椿的心境，平和一点。它和荆芥不同，荆芥在东京待过，那时，春天至，一盘荆芥，让外来者开了眼界。“吃过大盘荆芥”，这话，是说给外人听的。荆芥的心态，被金国的铁蹄踏破，它破落了，其心境一定是中年人的苍凉。而香椿的心境，多半是少年的单纯。

椿树，分为香椿和臭椿。

臭椿，在庄子的笔下出现过，是长寿之物，故乡的臭椿上，有一种叫椿娘娘的昆虫，翅有两层，最外一层，是灰色的，有红点点缀，像江南的蓝印花布，只是颜色不同；最内一层，是红色的，像女孩的红肚兜，很是好看。这树，只有昆虫喜欢。

人，却不喜欢。

但是，古人的词汇里，却有一个“椿萱并茂”的说法，这是个和高堂有关的词。椿之长寿，萱之忘忧，满满的祝福，以至于牟融诗中说：“知君此去情偏切，堂上椿萱雪满头。”双亲，老了，一头白雪。

我还是喜欢香椿多一点。

在春天，摘一把香椿芽，和姜芽搭配，一边举杯，一边吟诵“春社姜芽肥胜肉”，如果苏轼能听到，一定会笑。

或许，一盘椿芽，在故乡等我。

入春，定回一趟故乡。

18. 榆钱：救命的记忆

东风过中原，吹醒草木。

冬天的灰袍被风撕碎，豫东平原的身子，被一阵风吹醒，被一场雨洗净，沐浴，更衣，然后绿袍加身。

这情节，让我想起陈桥驿的赵匡胤，一下子成为万众关注的焦点。他们似乎都和家乡开封有关，赵家落户开封，榆钱也开满树枝。

春至，村庄沸腾了。一场吃的盛宴，即将拉开帷幕。

中原，苦难多。活着的人，谁都欠榆树一些恩情。

祖母常说，那些年，一开春，粮食就吃完了，人饿红了眼，便开始寻觅吃的食物。这个时候，正是青黄不接的关口，活命是村庄的共识。他们吃野菜，吃树叶。榆钱，吃了；榆皮，吃了。

如今，看见榆钱，人们都不好意思，他们内心觉得自己是一个贼，榆钱知道他们当初的丑事。那些年，榆树白森森的骨头，是刻在人脸上的配印。

在平原，只有榆钱有余钱，其他树都是穷光蛋。四川有交子，故乡有绿色的铜钱，风刮过，一树钱币的响声。

故乡的榆钱，是当地的豪门大户。它是善人，把绿币送给人间，一村的榆钱风情，响在炊烟里，香在粗瓷大碗里。

榆钱是“文革”后，唯一没有被批斗的大户，它在树顶，偷看人类，心有些寒气。

榆钱，是一部史书。它用春秋笔法，将中原的故事串联起来。

一个女人，为了一口榆钱饭，就被定性为“挖社会主义的墙角”，这树是集体的不假，但是人饿啊，这树上的榆钱，成了一条政治枷锁。

从此之后，我的祖母看见榆钱，仍然心有余悸，她对榆钱过敏，也许就是那时落下的病根。

后来，苦难远了，人也不再会为粮食而发愁了，但是依旧喜欢吃榆钱，或许这是人们记住榆钱的唯一方式，在吃中铭记。

等到榆树，结满榆钱，许多人不淡定了。那时候，没有人愿意安静地坐下来，去读“水绕陂田竹绕篱，榆钱落尽槿花稀。夕阳牛背无人卧，带得寒鸦两两归”的酸话。

乡人爬上树，一把一把地往嘴里塞着榆钱。吃相自然不好看，但人能活着，就好。吃饱了，便把多余的榆钱，带回家，女人可以做榆钱窝窝。人见了这些救急的榆钱窝窝，比见了亲娘老子都亲。

在异地他乡，我总是念念不忘那一口榆钱。尽管他乡也有，但是不知道这味道是否还有家乡的味道。夜晚，一闭眼，这些攀援在榆树枝头的绿色铜钱，也曾时时进入梦中。

乡下老家有这样的谚语："前不栽桑，后不栽柳，院中不栽鬼拍手。"为了避晦，我家院里的周围，便栽满了榆树和槐树，东风一起，这里便放飞出另一个世界，绿意盎然的春深处，总有几双贪婪的眼睛，盯着这些碧绿的精灵。

榆树像一个长者，微笑着低下头，用它柔和的目光，去亲吻着我们，有时还会轻松地抖落一些饱满的绿币。

榆树花开的季节，是最难抉择的时候，母亲呵斥我们不要上树，以免发生什么意外，但是我们还是控制不了心里的魔念。

第二天，天刚刚亮，我已经像猫一样轻盈地爬上树，一边捋着榆钱，一边哼着民谣："二月短，榆钱晚；三月长，榆钱黄。"偷空还将榆钱塞进嘴里，吃的是那么得意。

有时候我在想，为何这些挂在枝头的小东西，竟然能让我如此念念不忘呢？

其实这些，得益于母亲熬制出来的榆钱饭的味道，那是一种无法言说的味道，清淡而又带有无尽的温馨。

母亲的手艺，不能说很精湛，但是对于我来说，早已习惯了这种味觉。每到一个地方，都会去品尝美食，好坏的标准，无非是以母亲的饭菜的味道为标尺。

母亲，大字不识一个，一辈子也就没走出过那个村庄，供养我们姐弟几个，成为她生活的全部。

每年春季，母亲都会做很多榆钱馍。

她趟过一条明镜的小河，跨越几条阡陌交错的小道，然后便踩着落日的脚步，准确地出现在学校的门前，当打开袋子的那一瞬间，我的眼睛顿时圆了许多，榆钱馍，我的最爱。狼吞虎咽之后我才发现母亲汗涔涔的脸，于是心里有些愧意。

这些年，村里的榆钱树，一棵棵地被砍伐掉，继而栽上那些能迅速成才的泡桐和白杨，可是母亲总是舍不得把这几棵绿荫挪去，尽管父亲也强行砍伐了几次，但每次都是被母亲生生拦了下来。

尽管我和姐姐每年也难得回家几次，回家的季节，也会错过榆树开花的时间，但是母亲仍然为我们保留一些念想，保留一些童年的味道。

我越来越感觉到，母亲对孩子的想念，都堆积在心里，安静沉默。

人随榆树的开花，或怀想，或遥望。

也许，我会长成一棵榆树，栽进母亲的梦里。

19. 韭菜：夜雨剪春韭

入春，一场风，翻过墙头。

母亲一定去了我家菜园，看那些韭菜根，是否醒了。是否一夜春风过，这韭菜叶就见风生长了，如果韭菜叶叶肥大，母亲就会割去一些，包好饺子，等待我们姐弟几个，回来大吃一顿。

这韭菜，是一道让我们开胃的菜。吃韭菜，要在春天，韭鲜，叶嫩。唐代的杜甫，也嗜好春韭，曾有诗云："夜雨剪春韭，新炊间黄粱。"夜雨里，老杜剪来了一把春韭。清洗，切段，木柴炒制。

这韭菜香，一直以来，我就固执地认为，木柴烧的菜，比天然气烧的菜好吃一些。老杜剪春韭的画面，是老杜的诗里不可多见的温暖之作。

二月的韭菜，也是鲜嫩的。

一阵雨，清洗韭菜，将韭叶洗得发亮，一眼的绿，在人心上闪着。早起，拿一把镰刀，割去一些，可以做韭菜盒子，或者做韭菜包子。豫东平原上，韭菜包子，一定是要加粉条的，故乡的粉条多是红薯粉，软而易熟，不像土豆粉那样硬，不好煮，红薯粉见火就好了。

韭菜，虽然好吃，但是吃后味道不佳，在城市里，如果坐公交车，碰到一个人吃韭菜包子，便是一车的韭菜气味，一些人，便忍受不住了。本来人多，再加上这个韭菜味，一下车，就哇哇地吐了起来。

许多人说韭菜，是男人菜。

明代冯梦龙在《广笑府》里记载，一个人去别人家做客，说起丝瓜萎阳，不如韭菜壮阳。吃饭时，妇人不见了，问孩子，孩子说母亲去地里，要把种下的丝瓜拔掉，种一畦韭菜。

这韭菜，有点像荤段子的成分。还是说点雅的吧，大观园里的林妹妹，也喜欢韭菜，她的一句"一畦春韭熟"，夺了头魁。看《红楼梦》，就会发现大观园里的女子，不仅抹胭脂，还关心蔬菜，在这里，雅趣与俗趣俱有。

春天一过，韭菜就不好吃了，《四月令》里说"七月韭菁"。七月的韭菜，多半不能吃了，六月臭韭沟，何况七月呢，七月，韭花正盛。暮秋时，韭菜就不长了，团在一起，躲着秋风。

院中之韭，也抱成一团，似乎冷了。从墙上，摘下镰刀，割掉最后一茬秋韭。这韭菜，符合人对于秋的况味。母亲常说："春香、秋苦、冬甜。"一个人，守护着一些苦，未尝不是好事。人太惬意了，便会得过且过。

入冬，父亲便将一些韭菜盖住，不让它见风，这样虽然保暖，但是由于见不上阳光，韭菜叶子就变黄了。这就是所谓的韭黄。

韭黄，是不见光的韭菜。正如，不见光的女人一样，健康欠佳。北方的初春，寒气依旧重，还是以韭黄为主。

如果有人问我，初春什么好吃，我毫不犹豫地说“韭菜”。春韭晚菘，周颙的一句话，让韭菜中了状元。这韭菜，苏轼喜欢，他写道“渐觉东风料峭寒，青蒿黄韭试春盘”，这北宋的美食专家，除了研究东坡肘子、荠菜粥外，还研究春韭的吃法。

郑板桥，显得农家生活经验足一些，他写道：“春韭满园随意剪，腊醅半瓮邀人酌。”郑板桥，除了爱竹，还爱韭，一地的韭菜，邀三五好友，有菜有酒，是否醉酒，不得而知。

这些文人都喜欢韭菜，但我最爱吃的还是韭花。陆游的一句“雨足韭头白”，这自然说的是韭花，白色的零星小花开在圃园，更开在文字的深处。我不关注文雅，我关注的是吃，将韭菜花摘取、切碎、加盐，放在瓶子内压实，不几天就香味扑鼻了。

古人，多惊人之举。王弘白衣送酒，陶潜便高兴了，喝酒吃菊。那么韭菜呢，有什么风流雅事呢？你看：

“昼寝乍兴，輖饥正甚，忽蒙简翰，猥赐盘飧。当一叶报秋之初，乃韭花逞味之始，助其肥羜，实谓珍羞，充腹之馀，铭肌载切，谨修状陈谢伏惟鉴察，谨状。”

也许在梦里，杨凝式闻到了韭花香，睡醒时正好有友人带来绝味美食。朋友送韭花，杨凝式高兴了，喝酒吃韭花，过瘾。饭足、磨砚、提笔，一挥而就，《韭花帖》里，满是草木香。

韭菜虽然在生活中熟悉，但对文化里的韭菜，仍然陌生，你知道韭菜名字的来源吗？也许很少有人能够回答上来。

《尔雅》记载："一种久而生者，故谓之韭。"韭乃久也，吃韭乃是希冀，也是味觉的图景。其实，在故乡，庭院里最多的，是一畦春韭。这韭菜，遍身是宝，你看《诗经》里说"四之日其蚤，献羔祭韭"，说的是韭菜，你看，它是如此古老。

说完了文人，也说说女人对韭菜的见识。母亲，在乡村劳碌半世，总是对乡村的韭菜，颇多赞词，说它有君子之风。一茬，又一茬。内心干净，大气，吃土，吐绿。

在故乡，韭菜园子，是妇女的集结地，她们用镰刀割韭，谈吃，谈生活。正如韭菜的宫苑，是诗人的集结地一样，它在历代的更替中，文雅地活着。

20. 空心菜：心空、菜净

菜园里，一丛新绿。

这菜，我从没见过，不知它是哪里人氏。母亲说，它叫空心菜，茎叶皆可食用。这是五岁那年，我第一次和空心菜相遇，心里所想。

在北方，空心菜是外来的和尚。俗话说：外来的和尚会念经，经书念得如何，暂且不说，但说这菜的口感，就让我们这些没见过世面的乡下人，感觉到惊奇与新鲜。

清晨，露水正重。

母亲采摘一把空心菜，淘洗、切段，然后清炒，这空心菜，须旺火炒，防止营养流失。

此后便忘不掉空心菜了，我记住了母亲清炒的味道。之后，母亲的厨艺越来越好：腐乳炒空心菜、豆豉香菇空心菜、虾酱空心菜、蒜蓉空心菜，最让我挂念的，还是凉拌空心菜，简单、质朴。

空心菜，原名叫蕹菜，这或许是它的大名，一直活在文字里。然而人们记住的，是一些别名：通心菜、瓮菜、竹叶菜。这菜，分旱生和水生两种。旱生的，叫籽蕹，开花结籽多，花以红、白为主；水生的，叫藤蕹，开花少。北方，等不到开花，就割了一茬又一茬，进肚消化了。

北方，似乎和它隔了一堵墙。

吃则吃矣，但总是觉得没有底气。一个不知道空心菜底细的人，无论如何，也不敢吹嘘空心菜的前生后世。

南方人，敢吹嘘，得益于这菜，是从那里开始闹革命的，一点点散布全国，全国都在吃。

据记载，东汉有个大儒，叫牟融，一家去梧州避难，一边修心，一边著述。母亲去世后，就要离开梧州去云游四海。很多人，相送，给一些盘缠，牟子将所有的钱资助教育费用，留下一文钱，扔向水里，顿时波涛汹涌，不久长出一片青色的植物，采之，茎中空，食之甚是美味，这是他留下的念想。

这种菜，据说就是空心菜。

清炒，白玉盘里一片碧绿。

绿的东西，总是让人感觉有食欲。人便给这道菜，起名“青龙过海”。诗里也说：“席间一试青龙味，半夜醒来嘴犹香。”这菜，似乎让人口齿留香。

在北方，乡村是一个世界。

掌握话语权的，有官方的权力，这衍生的阴影，是一个怕字。另一个是民间的话语，这表现为一个“信”字。

民间的话语，掌握在先生和郎中的手里。郎中，总是用医术，让人折服一辈子。我村的六爷，当了一辈子郎中，总是给我们讲草木之性。

这蕹菜，可以解毒。

记得，小时候，有村里人误食毒蘑菇，口吐白沫，很是吓人，六爷取空心菜捣烂，取汁灌服，竟然好了。

《中国中药汇编》里记载："蕹菜可解钩吻、黄藤、砒霜、野菇中毒。"三国时，曹操军队行军途中，士兵误吃野葛，服了空心菜，才算解了毒。

陆地上的空心菜，我见过太多，南方的水田里，那一片绿荫，我从没见过。或许，它们站在水里，随风而长，一点一点抽芽，一点一点茁壮。

周围是野草闲花。

晨曦微熹，是一声鸟雀叫醒它们。然后，是一群女人来了，她们要做早饭，来采摘一把空心菜。

这江南的女子，白净。布衣素面，和草木的素，融合在一起。再看她们，弓身背水，试探前行。

村里的先生，有九十多了，精神矍铄。一谈话，就是一口书呆子气。我曾经问他空心菜的往事。

他说，这菜最早见于西晋，那是一个风流的时代，嵇康的侄孙嵇含，在《南方草木状》里写道："南人编苇为筏，作小孔，浮水上。种子于水中，则如萍根浮水面。及长成茎叶，皆出于苇筏孔中，随水上下，南方之奇蔬也。"这菜，有了水气，也便得了江南的灵秀。

这显然是南方的种法，北方的种法，也较奇特。"九月藏入土窖中，三、四月取出，壅以粪土，即节节生芽，一本可成一畦也。”北方的空心菜，需要粪土滋养，或许没南方湖水之净。

文字里记载，叶如落葵而小。只是，在段公路的《北户录》里说“叶如柳”，似乎这里出现了矛盾。或许一个是北方旱生的，一个是南方水生的缘故。

我喜欢，所有与空的文字，似乎一空，就有了佛意，譬如：空明，呈寺庙之态。我常想，心空则明。把许多堵塞的毛孔打通，让尘世出去，给自己一片安心的地方。

《般若波罗蜜多心经》云：“心无挂碍。”我喜欢这样的句子，心不念昔今，便得一天地。

我更加喜欢种空心菜了，似乎只有它，才能活明白，才能和人一起独守明月朗照，听清风徐来。

有时候，吃着没心的菜，便会莫名地想起比干来，我知道这二者，风马牛不相及，但是我还是要想一会，然后不由自主地笑了。

一个人，看着母亲的菜园。

守着一片干净。

21. 黄豆：开花的善人

母亲说，黄豆是有魂灵的。

一株黄豆，卑微于乡下，却一身硬骨头，豆荚扎手，豆茬扎脚。所以，一株不巴结人的黄豆，一定像极了嵇康、傅山。

黄豆，遇秋而黄。一摇，便是一身的饱满，这饱满，让人有了盼头。它，在土地上，不知道晃了多少眼睛，晃了多少人心。

爷爷和黄豆的相遇，是从一片绿芽开始；对黄豆习性的了解，是从一口磨开始的。我家的石磨，是村子的一道招牌，旁边，拴着一头驴，瘦瘦的。

驴拉磨，通常用一块红布遮住眼睛，怕它转的时间长了，会犯晕，这我理解，但是为何一定要用红布呢？

直到现在，我还未找出答案？

后来，出现了电磨，石磨就无人问津了，人的骨子里，本就有喜新厌旧的成分，还一味地标榜自己忠诚。

石磨不用了，驴卖了，爷爷也老了，也许直到爷爷去世，他还不知道，这黄豆还有一个大名，叫菽。

这名字，很雅。

黄豆是个名门望族，生出的孩子太多，譬如：豆芽、豆腐、豆皮。豆芽，在乡村，常见。一碗水，一把黄豆，隔几夜，就出芽了。

豆皮里，有一种叫人造肉的，一直喂着我的童年。它，薄薄的，见水舒展，加盐、味精，滴几滴醋，以香油收官，这味道，是别的菜所无法比拟的。如今，这种人造肉消失了，在外游荡这么多年，一直没有遇见。

豆腐，是一道大菜。

这是一道贵族菜，与淮南王刘安有关。说法不一，有人说是刘安修道炼丹，凝固而成。汉晋之际，修道是一件招摇的事情，很吸人眼球，这说法可信。另一种，带有温情，说他母亲病重，只爱吃豆类，他便让人日夜尝试，做成豆腐，用来供养母亲。

故乡的豆腐，很质朴。

细腻、白净，像一个清纯的少女，无人间的俗。鲁迅笔下有豆腐西施，也许人映豆腐，豆腐照人，都恰到好处。只是这女人的语气，太泼辣。

与做豆腐有关的文字，也有。

元代诗人郑允端："磨砻流玉乳，蒸煮结清泉。"元代的孙大雅，也说："戎菽来南山，清漪浣浮埃。转身一旋磨，流膏入盘。大釜气浮浮，小眼汤洄洄……霍霍磨昆吾，白玉大片裁。烹煎适我口，不畏老齿摧。"

这一段文字，记述了故乡豆腐的做法，恐怕也是全国豆腐的做法。俗话说一叶知秋，那么一文也可知细节。

与豆腐有关的俗语，也多。

一物降一物，卤水点豆腐。小时候迷恋武侠，书里面总有一人克一人之法。其实看得最多的，还是金庸和古龙，古龙一招之敌，无多余的修饰，只是许多细节，呈现出阴性。金庸一团锦绣，阳性太重。

如果说一个人吃豆腐，尚无争议，如果说他吃人豆腐，就麻烦了。轻则拌嘴，重则动手。虽说多了一个字，内涵却大相径庭。被吃豆腐的人，也有大度之人，不拘束小节。

一阵风，吹灭蜡烛，楚王的爱妃，被人趁机吃了豆腐，她一把扯下这人头缨，暗中告诉楚王此事，楚王命所有人摘除头缨，一场血事，没了。

楚伐郑，便有一猛将，一马当先，这或许是吃豆腐衍生的最大故事。

豆腐，要变着花样吃，豆腐乳，是最低劣的吃法，变了味。且对身体不好，只有小葱拌豆腐，有些意思。

一块豆腐，银白，配一把青葱。

这或许是世界上，最干净的吃法，只是做法太繁，豆腐要切成碎丁，小葱也需要剁碎，很是费功。

入冬，风就重了。

一家人，围坐一起，买一条鱼，摘一把芫荽，做鱼头豆腐汤，温暖如春。做法简单，无须费力，豆腐切块即可，鱼头慢慢炖着。咕嘟咕嘟的声音，是比炉火还温暖的文字。

如果谁家有了红事，定会招待全村人去吃饭，以示庆贺。人到礼到，在陕北，这叫行门户，但在河南，这叫坐席。或许，这是一种有文化的雅称。坐，是把人抬得很高。席，乃是一种宾宴，把卑微的人，尊敬起来。

开席，先是凉菜打头阵，热菜当家，最后是汤收尾。最先上的，是焦叶汤，菱形的，小小的焦叶，漂在汤面上，一阵抢，焦叶就没了。

如果这户人家讲排场，会上一道鱼头豆腐汤，清淡可口，吃了太多的肉，这道汤，清淡正好。

最后，是鸡蛋汤，乡下人叫它滚蛋汤，这汤一上，就意味着菜完了，席结束了，该回家了。许多人，便会趁乱往兜里揣馒头，这陋习，一直没有更改，让故乡人蒙羞。

鱼头豆腐汤，不是一般人家会上的，没钱的人家，会用小黄鱼代替，不失脸面，又吃得过瘾。

如今，鱼头豆腐汤，已上不了台面了，只有吃过的人，才念着它的好。

22. 小麦：大户人家的子孙

南方的帝王，是水。

北方的帝王，是麦子。

水，撑起的，是众多的河流，里面有小桥、乌篷船、稻田。麦子，撑起的是温饱，颜色有青翠，有金黄，它掩盖了土地暗黄的颜色。

故乡，麦子甚多，自古就有“金杞县，银太康”的说话。此金，非黄金，是说那一片成熟的亮色。

白居易说：“夜来南风起，小麦覆陇黄。”中国人，方向感强，总是在文字里把四季标注的很清楚，东风，是春风；南风，太热；西风，开始摇落木叶；北风，已经入骨。

似乎，这描写，和吃无关。苏轼云：“大杏金黄小麦熟，堕巢乳鹊拳新竹。”这里的杏，称为麦黄杏。一阵风过，就熟了，人们，流了太多口水。

故乡人，也是诗人，他们大多是在土地上写诗的人，他们的每一句诗，都带着生命的痛感。一把镰刀，是最好的笔。

弯腰，出镰。这行云流水的背后，隐藏着太多的细节：腰疼、腿疼。许多人，都说小麦不开花，其实这是误解，小麦的花，只是碎小，不招摇过市而已。

但是，小麦在生活里，处处开花。尤其是在北方，还没有什么草木的花，能繁多过小麦。这花，非实指，而是虚指，指向吃。

小麦，开的最早的花，是一种叫碾转的食物，青仁的麦粒，过石磨，上锅蒸，加蒜汁挑拌。蒜，要浇的恰当，浇太早了，有一股蒜死气，浇的晚了，入不了味，这是个技术活。

入口，甚美。

新麦脱皮，熬制麦仁粥，不需要加入任何东西，只需要火，满满地熬着，听父亲说，这麦仁粥，为乡下长了脸，城里人也吃。

新麦磨的面粉，最好做面条。“新麦头一箩，做面孝公婆”，这是一种礼节，中原规矩多，包括饮食。

尊敬长辈的格言，刻在一碗面里。

天太热，最好吃一顿捞面。面条宜细，不宜粗。入锅煮沸，准备一盆凉井水，捞面，入盆，顿时凉了。

河南，卤不叫卤，如果叫卤，别人定会笑你装洋，河南人把卤叫汤，有西红柿鸡蛋汤、韭菜汤、榆树叶汤。

半碗面，半碗汤，一搅拌，哧溜哧溜，进肚了，犹如猪八戒吃人参果。不细细品味，狼吞虎咽。

中原，天太热。吃热面，一身汗水，受罪啊。凉面成为主打。一肚子面，真凉爽。如果人闲了，便会做蛤蟆蝌蚪。和面、洗面，一锅白面浆，煮水，倒入，一锅糊涂。

糊涂一词，是我喜欢的。

糊涂，本来源于面食，指一团糨糊，一勺子下去，就沾满了糊糊。后来，它指一个人脑子不明事理，我觉得，在陕北，有个词说得好，“染浆子”，说一个人，脑子不清楚，一盆糨糊。

此糊涂，非彼糊涂也!

这糊涂，指的是一锅糊糊。这糊糊，用处居多，过漏勺，就是蛤蟆蝌蚪，入水，犹如一个个游动的蝌蚪。这食品，文雅的叫法是面鱼。

闭眼，一条条白的鱼，在水里游动，放碗里，加汤，吃这饭，性子急的人，来不及嚼，就溜到肚子里。一肚子的鱼，在胃里游动。

另外，如果嫌这样吃费劲，就不用从锅里舀了，在锅里，给糊涂加点盐，加几片叶子，就是糊涂汤了，吃糊涂，也只有故乡才有，别的地方，对糊涂看不透，也吃不着。

收麦时太累了，伙食要跟上。

记得有一年母亲住院，舅舅来我家收麦子，夜晚，闲了，便想着如何吃。舅舅还没结婚，也无做饭的经验，他烙油饼，里面加盐，还放了味精，一不小心，加多了，饼里一股味精味，我和姐姐都吃不下去，舅舅却连说好吃，一口气吃了一半。

我知道，他是强忍着吃，以此引诱着我们吃一些。后来，再也没有吃过这样的油饼，时光也回不去了。

在乡下，碰到阴雨天，就有时间研究吃了。

母亲，便会做麻叶。和面、擀面，切成一寸的长方形，中间犁几刀，入油，焦黄的，很好吃。

我的记录，是一口气吃了七个，至今，我也没有打破过。或许，只有肚子咕噜咕噜叫的时候，才能觉出一种食物的好来。

父亲，做的最好的面食，是面托。

面，和成稀糊糊，热锅，加油，用勺子舀出一些浇锅里，摊开。这种饭，最难做。

烧火时，要讲究火候。

一定找实木的柴，麦秸，不行，它燃得快，是虚火。这柴一见火，轰的一下子，就烧完了。这面托，要求文火，枣木的木柴，或榆木的木柴最好，木质硬，需要慢慢燃烧，这种柴，燃烧的时间长。

父亲，有闻烟识柴的本事，我一直深信不疑，因为一个乡下人，对于草木的熟悉，胜过对一个人的了解。在故乡，木柴先行。

如今，父亲在土下安睡，我也吃不上他做的面托了。有时候，想起他，眼泪开始掉下来。

父亲，也让麦子开出了一种花朵。

这花，在心里，永不凋谢。

小麦生出的孩子，家族最广的是面食，你看，山西的刀削面，陕西的臊子面，兰州拉面，建立一个庞大的帝国，它们性格温和，与人为善。

在中原，一锅羊骨头，慢慢熬着，汤是奶白色，一片面，厨师越扯越薄，越扯越筋道，入汤，捞面，加一点豆皮，粉条，然后一点香菜。

口味重的人，加一勺子辣子。吃得不亦乐乎，一个字，美！

红彤彤的汤，加绿绿的菜，从视觉上看，有一种想吃的冲动。

小麦的孩子里，最有出息的，或许是饺子吧，这孩子，只有到冬至或春节，才能让人吃一些，令人艳羡。

如今，条件好了，饺子已不觉新鲜。只是，当初的那份美好，变得不见了。

一个人，在麦子里，看不见回去的路。我知道，许多人都迷路了。

故乡，也变得回不去了。

只是，一些饮食的念想，仍活着。

在中原，麦苗青青。

一支军队，正在前行。曹操规定，践踏百姓庄稼者，格杀勿论。主帅的马，受了惊，践踏了青苗。

割发代首，成了一桩美事。

其实，麦苗知道，经这一事，北方多了个英雄。天下太乱了，青苗也长不安稳，需要他，让北方安静下来。

一片麦，一个人，一碗饭。

一个故乡，一段旧事。

23. 菠菜：一个素食主义者的陈述

入冬，天地空了。

白菜入窖，萝卜埋于土下，在豫东平原，也许只有菠菜，有傲骨些。一丛丛，站在北风里。

苏轼云：“北方苦寒今未已，雪底波棱如铁甲。”这个四川男人，一定不适应北方的寒。或许，一场雪，只剩下菠菜，念叨着手中杯。

或许，菠菜是一种与人心靠得最近的蔬菜，春天有它，秋天有它，冬天也有它。春嫩冬绿，用来形容它，最恰当不过了。

入冬，摘一把菠菜，切一块豆腐，一起炖着，这汤，是天地间最素的汤，白似玉，绿如翡翠。

有人说，菠菜豆腐汤，有一颗干净的心，我相信，在中原，无肉不欢，唯有菠菜豆腐汤，在锅里念佛。

母亲常对我说，菠菜性格恬淡、温和，如一老人。给菜分性格，我是第一次见，母亲常这样给我们说。也许，生活到了一定境界，便能与草木对话了，只是我远在草木之外。

很多人，似乎没有真正打量过菠菜，它的根圆锥状，带红色，叶如戟。这叶子，有英雄气，让我想起三国的吕布，一柄方天画戟，立于当世。

据《唐要会》记载，菠菜是唐太宗贞观二十一年，尼泊尔国王作为贡品传入中国的。

这菠菜，是富贵命，或许在盛唐，吃菠菜、喝清酒的人，都是豪门。

后来，它流入百姓家。

中原，是种菠菜的大户。

有时候，母亲一边做饭，一边让我猜谜语，母亲虽然是文盲，可肚子里全是乡下的趣事，“红嘴绿鹦鹉”，一出口，把我难住了。

红与绿，似乎是一条主线。

可是，我猜不透，一个人，猜不透这个谜语，也就猜不透了生活。母亲一边摘着菠菜，一边偷笑，我似乎顿悟，这菠菜救了我。

红的根，像一个鸟喙。怪不得人们叫它红根菜、鹦鹉菜。真是形象啊！入冬，一只只伏于地的红嘴鹦鹉，在迎风而长。

说起鹦鹉，便想起两句俗语：“金镶白玉板，红嘴绿鹦哥”“金砖白玉板，红嘴绿鹦鹉”，这两句俗语，和两个帝王有关，一个是乾隆，一个是朱棣。

一个没事就喜欢往江南跑，入贫家，无可招待，豆腐入油，煎黄，外加一把青翠的菠菜，焦黄的豆腐，绿的叶，捕获了帝王心。

另一个，说法也相似，不过是豆腐干和菠菜的配合，这些帝王，吃惯了大荤，吃一口素淡的菜，便念一辈子。

在春天，柳树鹅黄，菠菜叶肥了。

母亲，摘回来一下，洗净，不切，整株过沸水后，入凉水。红薯粉，过沸水，一起搅拌，然后加盐、味精、老醋，最后以一滴香油收尾。

这是春天里，我最喜欢的吃法。

可是，远在江南的汪曾祺，在文字里描写拌菠菜的过程，竟然和北方相似。他把菠菜切碎、剁成碎泥，加虾米、姜末、蒜末，把老醋和芝麻油掺在一起，然后浇在上面。

这是两种做法，反映的是两种性格。北方人粗枝大叶地吃，而南方人，要吃就要吃得细腻：菜，要切碎；味，要慢慢品尝。

或许，这吃法，农家不常见。

在一些饭店里，经常出现的是扇贝拌菠菜、红油鸡丝菠菜、菠菜芝麻。一些人，看到菠菜端上来，便有些不悦，在乡下，这菜吃不完，好不容易上了回饭店，本来打算开开眼，吃顿荤菜，却还要吃菠菜。

量小不说，还贵得要命。

猪心菠菜汤，或许一些人吃不惯。绿的叶，有佛的清瘦，然而一颗心，悬浮于汤内，善恶需人读。

说起佛，便想起了一些诗句“头子光光脚似丁，只宜豆腐与菠棱，释迦见了呵呵笑，煮杀许多行脚僧”，这菠菜，与佛有缘，总能看透佛心。素，与佛本就最近。在寒冬季节，素且不畏寒者，也只有菠菜了。

南唐钟谟，给菠菜取一个雨花的雅名，天女散花，如雨零落。这或许是一个信佛的人胡想的，我不信佛，也杀生，不喜散花的虚名，倒是来一盘碧绿的菠菜，更让我欢喜。

我在意吃，胜于念佛。

一个人，没事干，夜半读书，突然遇见一片春天。春天来，吃法渐多，是我喜欢的逻辑。

员兴宗说："菠韭铁甲几戟唇，老苋绯裳公染口。骈头攒玉春试笋，掐指探金暮翻韭。"一片春色，野菜躺了一地。

我是那个迷恋野菜的人。

菠菜，也混在野菜中，一点一点，把年华散在风里，散在雨里。

我是那个躲在诗词里研究吃的人，或许好吃于我而言，是一种宿命。儿时太贫，吃法甚少，吃相难看。

和我一样吃相难看的，还有一个耿直的大臣，叫魏徵。太宗，是个帝王，不喜别人在耳边聒噪，这魏徵偏不停地说，太宗问人计策，长孙无忌说，用菠菜招待他。

一桌子的菠菜宴，这魏徵仍说帝王旧事，太宗以为他不喜欢菠菜，准备让人撤下，这魏徵闭了嘴，说"臣最爱菠菜了"，或许，这无忌是魏徵的知音。

在陕西，有一种面，叫菠菜面，面与切碎的菠菜，和在一起，绿绿的，煮沸，加上油辣子，色相好。

我吃过几回，很是喜欢。

菠菜，或许能救命。

古代道士居多，道与医，多半是一体的，如今道巫分离，一个无限拔高，一个心生恐惧。

道士，喜欢炼丹，这重金属超标，一般人吃了，或许是短命的，许多人借菠菜化解丹药带来的不适感。菠菜，以贫寒之身，入富贵之体。

汪曾祺，除了研究吃，也喜欢画，没有了绿染料，便用菠菜汁代替，这是他儿子汪朗在文字里说的。

一个人，入菠菜太久。

打开画，一阵扑鼻的菠菜味，在空气里弥漫，只是这画，见者很少。也不知道，这绿色，会不会变色，如果变了色，或许是一番风趣。

我的家乡，很贫穷，与书画无缘，也许只有满地的菠菜，比画中物，更鲜活，更有味道些。

我没有汪老的雅。

他也没有我贪吃的俗。

24. 葫芦：温和的脾气

常言说：冬吃萝卜夏吃姜，不用医生开药方。大寒大热之际，最易生病，“吃”倒成了一门学问。

中国人，多半是草木人生，草木与人，休戚相关，是吃打开了一条通道。

入春，春韭鲜嫩，到了夏，便呈现出绝望来。春天的野菜，品相尚可，到了盛夏，便成了柴火。入夏，葫芦长得正美，它延伸，顺着院墙攀爬，用须脚抓住墙面，白花绿叶，也是一种审美情趣。

它慢慢地长，它的生命长度，就是一个葫芦成熟的长度。夏末，葫芦长成了。一个有生活经验的人，用指甲一掐：鲜嫩。摘取、切片、淘洗、进锅。

这葫芦，是菜葫芦。

吃菜葫芦，成为平原的一种味觉，微苦，身子肥美。也许，许多好的蔬菜，都是苦味结缘，例如苦瓜、苦菜。

在故乡，除了菜葫芦之外，还有一种宝葫芦，这是金刚葫芦娃的肉身，或者说这葫芦里，有太上老君的仙丹，有林冲的水酒。

这宝葫芦，诱惑太多，它让一个孩子寝食难安，整天想着邻家那一墙的晃动，于是在一个黑夜里，我偷了一个宝葫芦。此后，我守护它，挂在南墙上，暴晒，去水分。而后，它便占据了一个孩子乡下的童年。忆往昔，只有一个枯黄的葫芦。

爷爷的酒器，便是宝葫芦，这葫芦里，有时盛酒，有时存水，让人捉摸不定。有一次，我渴急了，跑到爷爷身边，夺下葫芦就是一口，妈呀，真辣啊，一口酒，顺肠而入。爷爷，不说话，只是呵呵地笑。

夜深，乡人小聚，几盘小菜，谈着乡间俚语，爷爷举起宝葫芦，一仰头，咕咚咕咚几口水酒，就下了肚。酒后的爷爷，脸红，言多，如一个坦诚的孩子。

冬天，菜葫芦，也干黄了。它成了落寞的物件，和丝瓜瓤一起，盘踞灶台。这时，菜葫芦也只能欣赏童年小伙伴——冬瓜了，看它在寒日里，与人为善，看它舍身成仁。大雪封门，人便在屋内，一炉火，一口锅，一个冬瓜，几两肉，在锅里炖着，咕嘟嘟的，直冒泡。

这是童年，最深的记忆。

门外，是乌鸦，麻雀在雪上觅食，一场雪，几只鸟，相得益彰。

冬天，是一个欠债的日子，人情债，粮食债，一应堆积起来。这家面没了，外面一场雪封了路，只好去邻居家，借一瓢。

那家，醋没了，去邻家借一瓢水醋。来年还时，也是一瓢一瓢的还。一些大气之人，小瓢借，大瓢还，留下好名声；一些小气之人，大瓢借，小瓢还，一瓢之内，住一个村庄，只一瓢，便洞见人性。

瓢，越用越轻，越用越小。一个人，一辈子，只用一个瓢，临死时，瓢如碗口那么小，且薄如厚叶。这瓢，越用越硬，这到底让我想起一些往事来，从葫芦到瓢，是一种脾气，是一种风骨，像魏晋时代的，又像民国时代的。

也许，时代越宽容，人的骨头也多硬些；时代越苛刻，人的骨头也便软弱，魏晋除外，民国除外。有时，一个人胡想，这一个瓢，是嵇康，那一个瓢，是刘文典，皆为狂狷书生。葫芦，入画。

乡村草木，也在宣纸上活了。一个葫芦，在篱笆上，是大俗，但是挤在纸上，便生动了起来。齐白石，画葫芦，据说是绝笔之作。

一个人，会抱着一种苦味，品味生活。热油，下葫芦，翻炒，只一口，就便知故乡远了。这种苦，是葫芦的脾气。它不取悦人类。便在苦中，能逃过一劫，以至于万物零落时，便有几只逍遥的葫芦，在乡村呈现出大雅。

《葫芦僧错判葫芦案》一章，借用这种植物之名，却赋予它羞辱，一个葫芦，清白了一辈子，被曹雪芹几笔就涂黑了。这些，都是文字惹的祸，我知道，乡村的葫芦，是安静的，正在墙头，曲肱而眠。

25. 黄花菜：北堂有萱草

今日大雪，忆起故乡来。

窗外，一场大雪，下的正好。只剩下炊烟袅袅，是自由的，它在雪外的世界里，奋书疾笔。树，飞鸟，包括我这颗温热的心，都被大雪包围了。

雪天，适合饮酒。一个人在家，等待友人登门，前三皇后五帝，胡侃一通。雪天，不适合谈政治，会坏了心情。一桌，三人，就围成了一个现世的世界，只喝酒，不谈生存。

酒，是母亲酿的柿子酒。菜，四盘即可。在故乡，用三盘菜待人，包含着对一个人的侮辱，所以客至，两盘太少，多是四盘。

一盘凉拌黄花菜，一盘水煮蚕豆，一盘炸小黄鱼，一盘腊八蒜。二凉二热，一荤三素，就把一天虚度了。

客至，这黄花菜是必需品，清凉入口，直沁心田。一个人，念着一个菜，也是好事，只是如今，我在陕北，与黄花菜有些生分。

故乡，位于豫东平原，无山无水，只有一马平川的空旷，按理说，这里不适宜黄花菜的生长。黄花菜一般在山地、丘陵种植，故乡的隔壁，那个叫淮阳的地方，就是黄花菜的重镇，这里的黄花菜是贡品，“双层六瓣，七个花蕊”，与别处不同。

故乡，也种这种贡品菜。

试想，一片黄花黄。

奶奶很看重这菜，婶婶怀孕时，奶奶便让她带上这种草，说是可以生儿子，在故乡，传宗接代是个大事。

后来读书，看到一种草，叫作宜男，孕妇佩则生男，想起奶奶来，原来这草，就是黄花菜，一个大字不识的老人，却在用着中国文化。

我感到有些羞愧了。一个人，读了这么多年书，仍不得生活要领。

这菜，种在故乡，长在人的心里。它的价格，变幻不定，人心也晴阴不一。那时，我们尚小，不关心价格，只关心吃。

母亲，炒一手好菜。谁家来了客人，母亲便被请去，入厨，炒菜，一桌菜，风卷残云。

我最爱吃的，就是母亲做的黄花菜腐竹炒木耳，这菜简易，不费功夫。一入年关，这菜就显得寒酸了。猪蹄木耳烧黄花菜，是一道大菜，它和红烧鲤鱼，并排占据饭桌中心，别的菜，按尊卑而坐，一桌菜，便是一个社会。

炒菜太繁，简易的做法，就是凉拌，这菜利口，容易下馍，如就着一杯淡酒，也就忘乎所以，以为是乡村的帝王了。

大学时，离河南，入关。

宿舍人都讨论家乡美食，我说到黄花菜，他们都笑了，这菜这么寒酸，也值得拿出来说。

我暗想，这菜寒酸吗？

进图书馆，查黄花菜的秘史。一查，名人还真不少，苏轼、陆游等人，都喜食黄花菜，就连民国大总统孙文也喜欢。他喜欢一种汤，名字叫四物汤，食材就是黄花菜、木耳、豆腐、豆芽。清一色的素，毫无油腻蒙心。

在家乡，不喝这汤。

家乡的汤，叫作胡辣汤。

入河南，一种食物要吃，早上，寻一早点店，一碗胡辣汤，一盘油馍头，出一头热汗，一个冬天，便温暖了。

胡辣汤，做法简单，牛肉切丁，木耳切丝，黄花菜洗净，面筋切块，加一点淀粉，慢慢地熬。辣是关键，河南人，对辣过于敏感，稍重一些，便忍受不住，这辣，要恰到好处。

胡辣汤，入口柔，感觉不到，等汤入肠胃，这辣意泛上来，已浸入心扉。让你感受不到辣，感受到的，是一种舒爽的味觉。

家乡的吃法，只有我喜欢。

如果是皇帝喜欢，恐怕是另一番模样。记得有一种清宫素饺子，便是从宫廷内传出，许多人爱吃，还以为有什么秘方，竟然是黄花菜、木耳等食材，让人顿时觉得，许多人吃的不是心境，而是浮名。

我喜欢，一个人，吃自己的世界。一个人，需要从吃中做减法，越来越简单，越来越不在意吃法。一种淡的态度，从吃中开始。

远走他乡，开始想念母亲。

一翻书，在《诗经》里，看到“焉得谖草，言树之背”，似乎对这话不甚了解，倒是朱熹这个大儒，说的更为到位：“谖草，令人忘忧，背，北堂也”，在中原，北堂便指北屋，这是主房，东西二房，为偏房。家里的尊者，居于北堂，也许，这尊者是属于母亲辈的。

“北堂幽暗，可以种萱”，这萱草，陪伴着母亲，这是中国最早的母亲花。此后，这花便与母亲缠绕一起。一个满身寒意的诗人，叫孟郊，他似乎一直在外漂泊，和我一样。

“萱草生堂阶，游子行天涯。慈母倚堂前，不见萱草花。”花败，或者是被老人摘取入菜了，如在故乡，这菜入肚的概率很大，黄花菜是当地的望族。

只是，这萱草花，怎么就成了黄花菜了？看名字，似乎毫无关联。

这里面，蜷缩着一个河南人，他叫陈胜，一场雨，就把他逼到悬崖，一杆旗，便开始到处厮杀。一个人，饿肚子，需要一口饭，适好有一个人，正蒸黄花菜，一口气，吃了好几碗，这是我杜撰的，我想对于饥饿的人来说，几碗已不是重点。

称王后，吃遍山珍海味，还念着那一口萱草花，便把老人找来，准备报恩。于是把萱草花改为黄花菜，以黄姓为命，后来老人死了，只剩下女儿金针，所以黄花菜也叫金针菜。

一个人，在生活里，感受一种菜的温暖，或者我们读书，是读一种人心，或善或恶。

德富芦花说：“走在山间小路上，芒草，萱草牵吾衣，着实可爱。”一个人，如此可爱，把草拟人化。或许这个世界，缺的就是童心，在他的文字里，我找到了。

一个皇族后人，亡国后，就成了和尚，他画了一片萱草，画了松石，或许这草，也有亡国之心。

这是中国古代最好的写意大师，我一直这样认为，他的个性，从名字就可以看出，“个中驴”，以驴为名，自古不多见，近代出现一个王小波，以猪为名，这两人，都超出当下太多。

这个人，就是八大山人。

一朵花，一群人，都在白雪里活了。

我，仍在惦念，那一口黄花菜。

过沸水，切段，加蒜泥。

一杯酒，装着一个冬天。

26. 木耳：树干上开的花

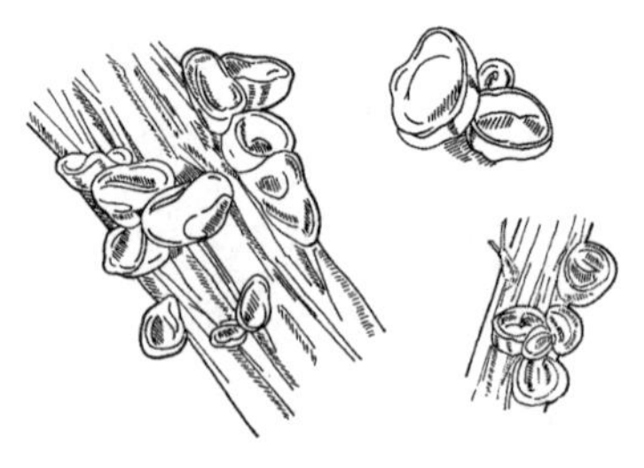

故乡，是该下场透雨了。

三爷，站在平房上，像一座雕塑。他很安静，但他的眼睛里有神性。他能看出一片云的重量，他常对我说："下雨的云，带有《圣经》的重量。"

三爷，信基督教，全村人都知道，但是一个老人，能从一片云出发，去打通内心的关节，多少让人觉得温暖。

我知道，他喜欢的不是雨，而是一个雨后的世界。那里青草逼眼，池塘处处蛙鸣，这么安静的地方，暗藏着生机，蘑菇活于腐土，木耳在树上打坐，只留一个偷听的耳朵。

说起木耳，便有太多的话。故乡人常说，树木通灵，一株树，实则是一个世界。木耳是宰相，螳螂是将领，蚂蚁是游兵。宰相安于内，军队动于外，所以一片树林，你能感觉到的，是万物的交集。

我毫不掩饰对于木耳的喜爱，一场雨，就会看见一片黑色的花朵。它质朴，隐藏于树皮的灰暗上。

童年，我在雨水里看到另一个世界，青苔在远处，木耳在树干上，我是那个贪吃孩子，刺溜一下爬上树，摘一兜木耳。

中午，母亲清炒，这菜，成了我一个人的专利。或许，童年的回忆，是那个雨后的树林。

我村有一个中医，外号叫黑木耳。因为他总是在雨后，挨门挨户地去找木耳。他说，他需要木耳当药引子，许多人虽心生不满，可是任他在院子里的木头上去寻找。

有一次，我去找他儿子玩耍，他全家正在吃木耳，那个香，勾引出了我的馋虫，从此之后，他再来我家寻找，总是被我拒之门外。

一个人，趴在窗子上，看一截槐木，长出木耳，眼睛就那样盯着，一动不动，以至于奶奶说我癔症了。

奶奶，敲了敲我的头，说馋鬼，你知道木耳是怎么来的吗?

听到这，我的眼睛发亮了。奶奶便开始了一个故事的讲述，她的语气，不急不缓，或许乡下的老人，天生是个语言高手，把我带入另一个世界。

一对夫妻，男耕女织。女主却被妖精抓走，男主拼命追赶，最后也没救活女主，这男人悲伤至极，泪洒树木上，最后竟然长出黑色的花朵，如人耳，这东西，就是木耳。

木耳名字太多，如枯蝶，叫木蛾；鲜美如鸡肉，所以又叫树鸡，南方叫它木机；一片木耳，看起来像一片浮云，所以又叫云耳。

黄庭坚云：“薪者得树鸡，羹盂味南烹。”厦下堆积的柴火上，经雨后，长满木耳。它们入锅熬羹，鲜美可口。这或许是一个文人，在吃的方面，所愿意回味的。苏轼也说“老槐生树鸡”，一般来说，在中原，只有槐树、桑树、榆树、柳树上的木耳可食，椿树、楝树上的木耳不可食。其实，树的品种不同，长出的木耳味道也就不同，用法也就不同。

在北方，有一种菜叫木耳菜，很好吃。这种菜，叶子大，且肥厚。但是清炒吃起来，甚美。

这个菜，有一个文雅的名字，叫落葵。一种菜，以木耳命名，且落落大方。绿荫浓浓，让人记住了。

奶奶常说，土方治大病。

在故乡，木耳也是药引子。

小时候，不讲卫生，在土窝里玩耍后，抓一个馒头，就往嘴里塞，所以肚子里蛔虫居多。越长越瘦，且面黄，有时肚子疼痛不已，奶奶说，一定是有蛔虫了。

找木耳，一定是槐树上的，研成末，水服枣样大一块，若不止痛，饮热水，几天后，竟然好了。

父亲有牙疼的毛病，每次牙疼时，祖母用木耳、荆芥等分，煎汤频漱口，一天痊愈。

这土方，比医院里开药还要灵验。或许，这是一个地方，用生活经验去盘活的一种医术，并让它恩惠后人。

或许，面对一种蔬菜，人们第一时间想起的，是填饱肚子。只有活着，才能思考人生。

凉拌木耳，是故乡的一道菜。它简约、大方，入水煮，加调料拌匀，不折腾人心的菜，才是一个圣人。

这让我想起了老子的小国寡民，互不勾引斗角，才是真的世外桃源，然而我的故乡，人心隐藏的太深，难以琢磨。许多人，活了一辈子，也没活明白，吃了一辈子饭，也没读懂人心。

在故乡，喜欢听戏，记得河南豫剧里，有一折戏叫《八珍汤》，这是一个关于孝道的大戏。

这八珍汤，到底为何物，在一些文字里，我找到了答案。

据说是傅山先生，根据《本草纲目》，专为体弱老母配制的一种药膳。所谓“八珍”即羊肉、羊尾油、黄酒、煨面、藕根、长山药、黄芪、良姜。可见，这八珍无平庸之物。“足我穷中八珍味，竹萌木耳更求旃”，看起来，这八珍汤，恐怕是比不上竹笋和木耳了。

一个人，在外漂泊久了，越是接近暮年，心境越淡薄，不在意此地，莫名地想起故乡，期待找一个日子，归乡。我想，招待我的，一定是一句诗：“何时携杖叩君室，且需木耳与槐芽。”在故乡，木耳和槐芽，一起替故乡接我。

一个文人，躲在书里，不理政事，这人喜欢抒写性灵，但他做官并不合格，“印床生木耳”，让官印的横木上，长出了木耳，这人就是袁宏道。

木耳有情，便舍一镬羹。

在故乡，人的施舍，远没有草木的救济可亲，一个人，饿了，恰有一树木耳，是不是上天恩赐？

对于木耳，我能说的，就是八个字：雨水干净，心生欢喜。

27. 芹菜：春水生楚葵

芹菜，是一条线索。

它的一生，串联着母亲的病，和我一个人对于文化的思考。

在故乡，芹菜遍地。

母亲，活在芹菜里，一辈子，栽苗、浇水，把这些蔬菜，当祖宗供着。也许，这芹菜的背后，是一个家庭的温饱。只图春节期间，卖一个好价钱。

然而现实是，春节被市场推着，这价格一会儿一个样，忽然升了，忽然落了。芹菜，干净的内心，读出了一个个家庭贫困潦倒的不安。

母亲的病，夹杂在芹菜里，有旧病，有新伤。高血压，陪伴母亲很久了，母亲常吃芹菜，叶子淘洗干净，拌面，上笼蒸，加盐、味精、蒜泥。芹菜蒸菜，是一个高血压患者的最爱。新病也有，母亲剜芹菜时，腰扭了。

芹菜，清炒不好吃，我这么认为，我喜欢过沸水，凉拌的芹菜。和我一样口味的，还有清代的刘墉，在山东巡查时，人困马乏，吃不下饭，一顿芹菜，让他食欲大开。

我总觉得，和我一样，喜欢芹菜的人，一定会有很多，你看，老乡杜甫的“饭煮青泥坊底芹”，苏轼的“煮芹烧笋饷春耕”。杜甫，吃芹，只为糊口。苏轼，是养生专家，一个人，在春耕期间，仍不忘秀一下美食。

或许，对芹菜有瘾，是我的本家曹雪芹，一个人，名字换来换去，都不舍得改变这个芹字，譬如芹圃、芹溪，且在文中，写出了人生宣言：好云香护采芹人。

这芹菜，到底有什么文化内涵呢？让这个文人如此痴迷。翻书，终于查到了一些眉目。

读书人去文庙祭拜，采美芹，插在帽檐上，古人有一枝花的戏谑，这一支芹，似乎也该有人摘取。采芹人，成了读书人的别称。

与芹有关的，都在书堆里泡过，我突然想，“芹”和“勤”谐音，是不是这芹字，和读书人挑灯夜读有关，古人的词汇里，有芹藻一词，是形容饱学之士的。夜晚，一定读到三更天。

既然说到文字本源，还是看看芹菜的源头吧。芹菜，叫楚葵。或许，这是一个与楚地有关的植物，这是我的臆想，或许立不住脚。

“春水生楚葵，弥望碧无际。泥融燕嘴香，根茁鹅管脆”，这分明说的是水芹。北方水少，芹菜种的是旱芹，有些人把旱芹，也叫西芹。西芹根茎粗大，水芹根茎细小。

我有点纳闷，水多的地方，应该草木粗大才对，怎么这么细小呢？

这让我想起了南北差异，北方缺水，北方人却高大，南方人居住之地，河道众多，水域密集，却比不上北方人高大。也许，从芹菜去思考地域文化，也是一种趣事。

在故乡，除了白菜萝卜，就是这芹菜种植的面积大了，这也就意味着，芹菜应该也是厨房的主角。

出门一顿芹，归来一把芹。

这是一个芹菜滋养的故乡。或许，芹菜的恩惠，比这更悠久，在诗经里，我找到了“言其采芹”的句子。那时候，人穿着粗衣麻鞋，吃着芹菜，把生活过得有滋有味。

古人除了自己吃，吃不完的芹菜，是否还会送人吗？古人民风淳朴，我想，肯定会的。

古人除了大气，还很谦虚，有献芹的说法，其中提到这个说法，竟然是两个朋友的决裂，一个是文坛领袖嵇康，另一个是山涛。

《与山巨源绝交书》里写道：“野人有快炙背而美芹子者，欲献之至尊，虽有区区之意，亦已疏矣。”或许，在魏晋风流时，这决裂是一件大事。很多人，看不明白。

或许，嵇康出于愤怒，或许，这是从保护一个人的角度出发的，不管本意如何，我们可相信的是，一封书信，只是一个宣告而已。

朋友依旧是朋友。山涛对嵇康的孩子，关照有加，并没有因为这件事而内心灰暗，这就是文人的温暖。

似乎，一个证据，说的不够明显。杜甫也说“炙背可以献天子，美芹由来知野人”，或许，这野人，比当今的文化人，更干净些。

写到这里，似乎芹菜无话可说了，无非是吃而已，一块腊肉，切片；一根芹菜，切段；放锅里清炒，红白相间，有烟火味。

其实，芹菜，也可以做面。

故乡，芹菜以炒为主，很少做汤面，但是在陕北，切丁做卤。

在历史上，通过一碗芹菜面，还能带出一个传说。这传说是我在一本宣传佛法的杂志里看的，看后竟然忘不掉了。在《修水县志》里记载，大文学家黄庭坚本是女儿身。

夜晚，黄庭坚做了一个梦，梦见他沿着一条路，走到一个农舍，里面有一个白发苍苍的婆婆，做了一碗芹菜面，他吃了，醒来后嘴里满是芹香。这梦，他接连做了几夜。

他试着按照梦境的路径寻找，竟然真有一个农舍，里面有一个白发苍苍的婆婆，桌子上供着香案，上面有一碗芹菜面。

原来这婆婆的女儿，去世二十六年了，她生前最爱吃芹菜面。黄庭坚正好二十六岁，这女子爱读书，在女子的房间里，有一个箱子上锁，钥匙婆婆不知道在哪里？

黄庭坚竟然记起钥匙在哪里，一找，果然在，打开箱子，里面全是这么多年参加科举的试卷，原来这黄庭坚是这个女子的转世。

一个文人，一段佛说，让芹菜笼上神秘的面纱。许多人，在因果循环中，种芹菜，吃芹菜。

古代文人，都会用一些轶事，去增加名气，李白本凡人，后人非得整出一个太白金星来。老子，是凡人，也整出一个太少老君来，这宋代人，也不闲着。

文化里，有一垄地，一畦芹菜。

但是我喜欢的，是现实的菜园子，菜不多，足够应付全家日常生活，这么多年，有一个人，长在故乡里。

这个人，就是母亲。

28. 竹笋：清淡的人间

说来惭愧，故乡没有竹笋。

吃春笋，在故乡指代吃莴笋。春来，莴笋叶子大了，拔几个回家，叶子揉搓，便可以生拌。

这莴笋叶，苦苦的，许多人吃不惯，可是这就是好东西。譬如苦瓜，虽然苦，但是于身体而言，极好。

苦，或许是打通人回忆的另一条通道，古人有忆苦思甜的说法，我觉得，应该让他们吃吃苦瓜，吃吃莴笋叶子，或许一些人，便静心了。

莴笋，去皮。切丝，凉拌，脆脆的。清炒，也可，在川菜里，有一个鱼香肉丝，就是以莴笋为主的。味浓，且色彩搭配合理，很合口。

清代的《清波杂志》里说：五代，有一个和尚叫卓奄，有一次做梦，梦见一条金龙在吃莴笋，醒来后，看见一个人在地里吃莴笋，他认定这个人不是一般人，和他约定，苟富贵，勿相忘，这个人就是赵匡胤，后来做了皇帝，给他修了座“普安道院”。

这书，是所有莴笋描写里，最富贵的说法了。其他的，都是贫民的文字，一行行，长在土地上，碧绿、粗壮。

但是，翻来古书，里面记载的春笋，都是指代的竹笋，非莴笋。陆佃云：旬内为笋，旬外为竹。谓笋生旬有六日而齐母也。这里，记载的很明确了。

春笋的品种确定了，那么接下来就会出现一连串的吃客。

一个是黄庭坚，为了吃一口笋，竟然千金购笋。“一吏酬千金，掉头不肯卖。”他文字里，说的可能不是自己，但是也挺心急的，为了吃一口笋，竟然用千金去换。

黄庭坚，他不仅爱吃，还装模作样，竟然笑话苏轼，“公如端为苦笋归，明日春衫诚可脱”，说他为了挖竹笋，像个老农一样，不顾形象了。

其实，文人挖笋很多，在日本的浮世绘里，竟然有一幅挖笋图，很是好看。

挖笋，是有讲究的。竹有雌雄之分，只有雌竹有竹笋。辨别竹笋的一个有效的方法，是看根上第一枝，是否为双生者，如果是，则是雌竹，乃有笋。

说到挖笋，想起宋代一个和尚赞宁，在《笋谱》里介绍九十四种挖笋、煮笋的经验。这或许是中国最早的一部关于笋的史书。

这部书里，写了笋的家族，我想一定有一个品种，叫“猫头笋”，陆游很是爱吃，在诗里念叨过。到现在，我也没见过此物。

一部笋的编年史，便是一个宴席的编年史，我是这么认为的。

那么，春笋的源头在哪里？

诚然，在《诗经》里。“加豆之实，笋菹鱼醢”，吃笋，蘸鱼酱。

说起吃，我的心，有些乱了。

先从古人开始，袁枚写道：笋十斤，蒸一日一夜，穿通其节，铺板上，如做豆腐法，上加一枚压而榨之，使汁水流出，加炒盐一两，便是笋油，其笋晒干，仍可做脯。这袁才子，吃法新鲜。

在当今的许多地方，吃的方法不一样，譬如：上海的“枸杞春笋”，浙江的“南肉春笋”，南京的“春笋白拌鸡”，都很有名气。

我觉得，春笋脆而柔，适合煲汤。“春笋冬姑汤”“鲫鱼春笋汤”，都很好喝。或许，妇女在月子里，适合喝一碗。

这“鲫鱼春笋汤”，清淡而有营养。

在国外，人也吃竹笋，印度的吃法浓烈，让人受不了，越南吃“胭脂芦笋”，只是这芦笋和竹笋，不一样了。

其实，这清淡口味，才是中国的脾气。古人常以竹子标榜自己，一个人，修身养性，其口味不可能太浓。

中国最让人欣赏的文人，当属苏轼，他这个人竟然发出这样的狂语：“宁可食无肉，不可居无竹。”一个文人，与竹亲近，或许是欣赏竹子的心志。

也许，还有另一种解读，那就是这个养生专家，太喜欢竹笋了，种一片竹子，以满足口腹之欲。

但是，我还是相信第一种解读，一个文人，定然能打通一个草木的内心，古人喜欢竹子，或成为一种文化，在魏晋风流时代，竹林七贤，是一座绕不过去丰碑。

只是，西晋定都洛阳，这些文人定然都在附近活动，就算阮籍，也是开封尉氏人，我想他们聚会，一定不会出中原。河南，为北方，不是竹子的产地，这竹林或许是为了附风雅。

陈寅恪指出，这竹林或许是一种佛教文化，是竹林精舍。这种说话，正合我意，一个高压的时代，一群人无处发泄，只好安于佛理，才能安静一些。

或许，从吃食到文化，才是一种食材最高贵的气质。如果它只能吃，无非只在锅里打转。

我更喜欢，在文化里，遇见一片竹子，胜于在菜单上，邂逅一盘竹笋。

我喜欢，怀素的《苦笋帖》。唐朝的肥美，掩盖不住内心的苦瘦。

闭眼：竹苦，字瘦。

29. 山药：多难的名字

故乡的山药，丰收了。

一个个细长无比，这直直的山药，让我想起兵器谱里的钢鞭。或许，每一本历史演义里，都有一个使用钢鞭的人，《隋唐演义》里的尉迟恭，是个门神，一条鞭，守着春节的干净。

古书里，用钢鞭的人，都是一个套路，有勇力，且性子急，《说岳全传》里的牛皋，还有上面说的尉迟恭，都是这样的人。

然而，熬山药粥，需静静地熬。这粥，火候要到，急不得。山药粥，是一味延年益寿的粥，古代的文人，讲究养生的人多，譬如爱国诗人陆游，就讲究养生，也较长寿。

他将这山药粥，命名为“神仙粥”，且将长寿的原因归结于此，“久缘多病疏云液，近为长斋煮玉延”（南宋·陆游）。一个诗人，去亲近山药，并与之结缘。

山药一直是药食两用。就是食，也有很多药膳的吃法。许多人，身体不好，就关注这山药。

许多人，或许不信，一个陆游，说明不了什么，再看看曹雪芹，他笔下关于山药的描写，在《红楼梦》里，秦可卿就常吃一种枣泥山药糕的食物，只是她命太短，让山药缺少说服力，但是至少可以看出，曹雪芹对山药调节的功效是笃信的。

在我们河南，吃山药的人居多。

在焦作温县，有一种铁棍山药，据说是贡品，帝王喜爱。我在河南活了将近三十年，也没有吃过它。

有一年，我从开封回陕北。在郑州火车站，买了一盒铁棍山药，红盒子，上面是金字，将近一人多高。

坐车，带着这么一盒山药，颇不方便，一路上，坐火车、地铁、汽车，这山药一次次过安检，折腾够呛。

回到家，小心翼翼地打开盒子，里面有三根山药，且山药一人高，我从没有见过这么长的山药。

怪不得这山药是贡品，品相较好，身体修长，且弱不禁风，一看就是美人坯子。这山药，是药中的赵飞燕。

据说，吃山药也较危险。有些人，触摸到了它的汁液，可能过敏，只有那些皮肤不过敏的，才有吃山药的福分。吃山药，要自己做。

我母亲，最爱做的一道菜，叫木耳炒山药。这是一道贫民菜。食材简单，做法简单。雨后的树上，一簇簇木耳，择净、洗净即可。去地里，挖一根山药，就能做这道菜了。

在故乡，“择”字用处甚广，不管去弄什么菜，都一律用这个“择”字，或许中原人不费脑子，不像别的地方，同样是整理蔬菜，却要分出许多种不同的说法。

那么，再复杂一点的吃法，就是山药拔鱼、拔丝山药了，母亲从来没有做过这种菜，只在宴席上吃过一次。

那么，古人喜欢吃山药吗？

马戴云：“呼儿采山药，放犊饮溪泉。”这一定是南方人，放牛，采山药，两不相误。我喜欢南方的净水，有水的地方，总觉得一片干净。

温庭筠，这个花间词派诗人，除了喜欢艳词，更喜欢吃山药。“一笈负山药，两瓶携涧泉”，说实话，我一直对这个“涧”字钟爱依旧，或许越是没见过的风景，兴趣越浓厚。

再往上推，晋人罗含写过《湘中记》，里面有关于山药的记载。一个人，去衡山采药，迷了路，看见一个老人与四五少年，老人便用山药招待他，回去后便忘不了。

我喜欢这样的传说，也许古人进山采药，迷路者多，很多人都碰见了神仙，记得有一个人，进山砍柴，碰见两个老者下棋，一盘棋下完，回到故乡，已经过了多年，故人都离世了。

这些传说，很有趣味。

只是，这山药的名字，土气了些。在山西，有一个流派，叫山药蛋派，很接地气，语言也风趣。

至今有一句，仍记得，说的是“好像驴粪蛋上下了一层霜”，这语言没在生活中浸泡过，是写不出来的。

其实，这山药的原名很高雅。只是被一些掌权的人，强迫更改了。

第一个人，便是唐朝的第八位皇帝唐代宗李豫，因为名字里有一个豫字，普天之下，所有和他谐音的字，都不能用了。

这薯蓣，多文雅，被硬性地变了名字，成了“薯药”。

第二个改名的人，是宋代第五个皇帝宋英宗赵曙，因为

“曙”与“薯”音相似，薯药又不能用了。

薯药，再次变成了山药。

从此一个土气的名字，在文字里固定了。只是人们再也风雅不起来了。

那么，我心里有一个疑问，既然这山药的名字是从宋代改的，那么温庭筠诗句里的“山药”，指代的还是山药吗？他应该用“薯药”才对。

只是，我一直也没有考证过，至今还是糊里糊涂，幸好，这山药在中原，还养着我的胃。

我每次去吃火锅时，总爱点一盘山药，白玉入浓汤，入口润滑。

这山药，和我对脾气，像一个故人。

我喜欢，把山药从记忆里拎出来，写写。

30. 苦瓜：禅修之境

人，修心前，需越过苦瓜这道坎。

一个人，只有学会忆苦思甜，才能不忘初心。我远离故乡，生活也算衣食无忧，可是不敢独自面对一根苦瓜。

我觉得，那一根苦瓜，像一堆燃烧的火焰：耀眼、醒目。把我对故乡的思念，引燃了。

五味之中，我最受不了的，就是这个苦字。与苦结缘的，除了茶叶，就是这苦瓜了。小时候生病，最怕吃药。一片药，贴在喉咙里，拼命地喝水，才冲下去，这苦，仍在嗓子眼里。

有一次，看见母亲做一种菜，碧绿青翠，当初还不认识苦瓜，也不知道什么滋味，但一盘的青葱，是我喜欢的颜色，可是只吃了一口，就怕了。

一辈子，再也不敢碰这东西。

和我一样，怕苦瓜的，还有一个汪曾祺，这个江南文人，喜欢研究饮食，曾夸诩说“世界上没有我不吃的东西”。同学名义上请他吃饭，实则是恶搞，上的菜是苦瓜菜，喝的汤是苦瓜汤。这下子，可苦了这个才子。这苦瓜，难以下咽，同学咯咯地笑。

其实，多吃苦瓜，对身体大有益处。一种苦，在身体内渗透，让人体内的各种生理机制，都专注起来。

清代王孟英《随息居饮食谱》里说："苦瓜清则苦寒，涤热，明目，清心，可酱可腌。"我认为，清心就是一种修行，只是不需要远游，善恶自在一个苦字上。我吃苦瓜，是被迫的。

母亲吃，姐姐吃，我也没有选择的余地，只好硬吞，吃了几次后，才感觉到苦瓜的妙处来：淡而宁静。

苦瓜，是攀爬植物。

沿着树，顺着墙，就上去了。这苦瓜，开黄花，不太漂亮。或许以貌取人的思维，是中国人的通病。

后来，在文字里，遇见"藤蔓瓜瓤，岂是人间十八娘"，至今我都不知这话为何意，只是我记住了它另外一个名字：锦荔枝。

名为锦荔枝，实则是这苦瓜，它看起来长相不漂亮，身体不光滑，疙疙瘩瘩，让人看着不仅想起麦田里的癞蛤蟆。人便以形取名，叫它癞瓜。在江苏高邮一代，人叫它癞葡萄。

或许，这个字，和癞子绑在一起了。名虽然有个癞字，但是有君子之风，很安静，不抢风头，故称君子菜。在饭桌上，苦瓜永远摆在边上，似乎不被人待见，但是它入口淡，这淡淡的苦，似对往事的一种忧伤。

苦瓜，多籽。皇帝朱瞻基想后继有人，便画了一幅《苦瓜鼠图卷》，苦瓜多籽，老鼠也多子，这是标准的多子多福的味道。后来，他如愿了。

林清玄，用苦瓜说过佛事。外物，改变不了骨子里的苦，他想说的，不过尔尔。

苦瓜，过沸水，凉拌。白玉盘，碧玉瓜。是一种绝妙搭配。这是嫩嫩的苦瓜，苦瓜上了年纪，内心就变成了赤色。外表清，内心赤。

这苦瓜，像极了石涛。表面是清代公民，实则心向大明。大明是朱姓，这苦瓜内心赤红，是不是上天的一种暗语。再加上，满族建国号为大清，怎么这么暗合呢？

这石涛，是皇室。家是回不去了，一片灰念，只好出家修行。但是国破的裂缝太深了，他以吃苦瓜来刺激自己。这个画家，顿顿不离苦瓜，案头供奉着苦瓜，只求用苦，来铭记亡国之心。或许，石涛的苦，我辈不知。

一个人，亡国了。

他，找到了另一个国家——苦瓜。

31. 丝瓜：风中的礼物

丝瓜，又叫菜瓜。

春天下种，生苗引蔓。如果搭棚架，它很快就爬了上去。这丝瓜，开黄花，蕊瓣俱黄。这是书本里记载的，但现实生活中丝瓜，比这有趣。

小时候，我家墙边，有一空地，母亲说：闲着可惜了，不如种一片丝瓜吧？于是父亲平整地，母亲下籽，我用勺子，一窝一窝地浇水，不几天，就看见了丝瓜的嫩芽。

它慢慢长，我慢慢看。忽然有一天，看见开了一朵黄花，我一天都是兴奋的。后来，丝瓜出现了，细小。它一天天大了。

丝瓜，悬在空中，亮着一种光泽，风一来，它摇晃着，似乎要落下来，这让我想起了儿时的故事《葫芦娃》。

这满架的丝瓜，似乎在风中呐喊：我要长大，殊不知，这长大的丝瓜，会被人摘去，淘洗干净，就入了肚子。

可惜的是，我不懂植物的语言。

我能看见的，只有一片丝瓜，像一个杂技演员，在藤蔓上走钢丝。它身段好，动作优美。

炊烟袅袅，菜没有了。母亲便摘一个下来，清炒。如果上集买一条鲫鱼，就可做鲫鱼丝瓜汤了。

只是这种吃法，很长时间也不遇一次，鱼太贵，买不起。母亲做的最多的，是丝瓜面。把丝瓜炒熟，加水，然后下面条。这丝瓜，与面在一起，火烧着，锅里黏黏的。

吃一口，很香。

童年，我为丝瓜保留的记忆，就剩下丝瓜面了。然而，古清生却说，这丝瓜，做汤和清炒都可。故乡人，一直按这个路数前行。

丝瓜，过了吃的时候，人就不爱了。再也不关注它，或许这时候，它才感知到人情冷暖。

对于丝瓜来说，或许是一个好事。古人说，无用便是大用。一种物，入不了人心了，便可以安心躺在棚架上睡觉。一觉醒来，就入秋了。

它发现身体变了太多。青翠的皮肤，苍老了，许多干巴巴的枯身，在风中摇曳生姿。这丝瓜，不再饮清露，吟唱西风了，它明白，人之将死，其言也善。只是，它的遗言，我们听不懂。或许，是劝告，是安抚。

母亲，摘下一个，去皮。把内心的籽，拣出来，然后晒干，用纸包起来，放在砖的夹缝里。

这剩下的瓤，如干丝，母亲便用它刷锅，在这丝瓜之前，一直是高粱把子，霸占着灶台，丝瓜干了后，高粱把子成了贫民，丝瓜便成了新贵。

现实主义的丝瓜，是爽口的。

那么，有没有一些丝瓜，活在一张纸上，活在一些人的心上。幸好，我在程生的《丝瓜螳螂》里找到了。

整个画面是圆形的，里面的色彩，却搭配有趣：墨叶、黄花、绿瓜。在画的右边，有一只顺着藤蔓而下的螳螂，是黄色的，下面还有两只蜜蜂。

我喜欢螳螂胜于蜜蜂，螳螂提两把刀，到处行侠仗义，或许这一片藤蔓，是它的江湖。

也许，于我而言，一切入心之物，都是能打动人心的。丝瓜，最能代表人间烟火。嫩可食，老可用。

丝瓜，守着这院子，笃定禅心。

32. 南瓜：大众的吃法

南瓜，长着一副大众脸。

老人也叫它南瓜，中年人也叫它南瓜，孩子也叫它南瓜。似乎，这南瓜，逃离不了人间耳目了。

有的地方，叫它饭瓜。

这叫法里，隐藏着一种饥饿的因子，吃不饱饭，靠南瓜填肚子了。我想起来小时候，早起，烀一锅南瓜，一人一碗，就饱了。

与南瓜有关的事，是村子一个叫重阳的人，一辈子也走不出土地，整天在地里晃悠，谁家地里有几个南瓜，他清清楚楚。他家没种一株南瓜，却在入秋后，半屋子都是南瓜。

南瓜下，压着一本《圣经》。是母亲留给他的，母亲走的时候，希望他读读这本书，但是他一直也没读一页。

后来，他因为偷盗入了狱。

这《圣经》上，南瓜不见了。

在中国，南瓜叫法不一，有的地方叫它东瓜，这个地方的人，认为它源自于日本，所以叫它倭瓜，因为日本在东，便有了这个称呼。

说起来很是奇怪，日本人认为这南瓜，是产自于中国，叫它“唐茄子”，是不是，这来源有些混乱了。

在乡下，很多人叫它北瓜。

或许，这北瓜的称呼，和河南大有渊源，记得在豫剧里，有一折戏，叫《刘全哭妻》，便与北瓜有关。

唐太宗李世民称帝后，忘记了那几个死去的磕头弟兄，他们在阴间告了状，李世民怕了，便想着贿赂阎王，知道他爱吃北瓜，便贴告示，找一个敢去的人，正好刘全思念妻子，愿意去阴间看看妻子，他头顶北瓜，去世了。从此之后，世间再无北瓜。

我想，这北瓜，一定是南瓜的另一个品种。就像现在人所说的那样，有长条南瓜，有墩子南瓜。这北瓜，一定和它们一样，在古代繁茂过。

南瓜的吃法较多，包包子，熬粥，都有营养。南瓜叶，也可食用。古人说：“以叶作菹，去筋净乃妙。”

现在，许多饭店，都有凉拌南瓜叶，吃起来很是爽口。只是儿时，母亲从没给我凉拌过。

南瓜花，是那种大朵的，黄黄的，有时候，我看见一只蜜蜂，钻入花内，就把瓜口一笼，蜜蜂在里面乱飞，突然，手一疼，看见一根刺，在肉里。我知道，这蜜蜂活不成了，我本是童心未眠，没想到害了它。

此后，我不敢看一朵南瓜花。

南瓜，鲜嫩时，清炒也可，只是不能炒太熟，七八成熟即可。否则，一锅烂糊糊的南瓜，看着就没了食欲。

《北墅抱瓮录》里说：“南瓜愈老愈佳，宜用子瞻煮黄州猪肉之法，少水缓火，蒸令极熟，味甘腻，且极香。”东坡肉，都知道，只是这南瓜，照着东坡肉做菜，少有人知。

入秋，南瓜便会藏起来，怕它冻了，这南瓜，在冬天是好东西，养生，且吃起来过瘾。

挖瓤，里面的籽，在太阳下晒干，用盐水浸泡，然后在锅里焙干，我极少用这个焙字，只有炒南瓜籽时，才用一次。

冬一过，南瓜就吃完了。

只剩下一些南瓜灯，在元宵节这天，和别的花灯打情骂俏，好不热闹。多年前，那个路过的王郎（王安石），也不见了。只剩下他的诗和他的变法，在文字里。

写到这里，似乎南瓜再无趣事了。

但是，一个南瓜的故事，时常在脑海里闪着，把南瓜切片，晒干，等到冬天没菜可吃时，用热水一淘，便可以清炒了，吃起来有嚼头，甚好。

我忘了是在哪本书看过这么一个故事，说是一个人想去拜师学艺，无礼物可拿，便背了两个南瓜。

这个人，很有名，便是浙派篆刻名手张燕昌，他师从丁敬。这南瓜，让篆刻的苑地里，多了一桩可谈的事。

我的南瓜，在春天里。一个人，去掐头，用土压蔓。然后看它顺风而长，叶子庞大。

有时候，下了一场雨，无雨具可用，便折一个南瓜叶，顶在头上，如果雨大些，就听见噼噼啪啪的雨打声，在头顶响着。

只是，我的故乡，再也无闲地可种，上次回去，想吃一顿南瓜，却发现一个村子，也找不到一株了。

没有南瓜的故乡，实在不像个故乡了。我也不想再回去了。

33. 白菜：一世清白

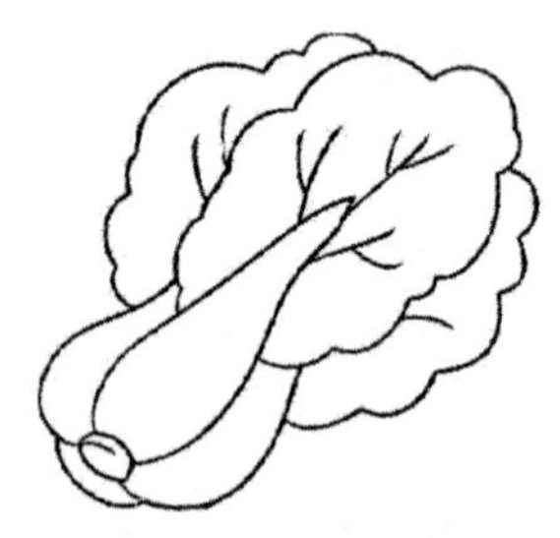

一棵白菜，生在伏天，长在寒秋，死在寒冬。

这潦草的一生，可谓短暂。古人常讥笑蜉蝣“早生晚死，不知春秋”，这白菜与它们相比，也好不到哪儿去，但是白菜淡泊名利，抱着从容淡定的心态过日子。

白菜，自从种下的那一刻，就注定苦难与孤独。也许，我们看齐白石的画，总会在白菜的周围，找到一个活生生的蟋蟀，以为蟋蟀和白菜，和谐相生，其实熟知乡间生活的人都知道，蟋蟀和蝼蛄是白菜的天敌，刚钻出地面的白菜芽，最怕蟋蟀的糟蹋。这吟唱乡愁的蟋蟀，并没有因为唱出远游的歌谣，就得到乡人的谅解，他们恨死了这偷嘴的蟋蟀和蝼蛄。

三伏天，人们躲在树荫下纳凉，唯有这白菜，孤独地站在野外，它努力伸展着叶子，希望自己的叶子，能够覆盖中原的贫穷。其实，谁也想不到，这渴望伸展的身体，从小就在太阳下打开。可是，等到秋风一起，这豫东平原的风，带来刺骨的冷，他们逐渐将身子，折叠在一起，一层层地抱紧身子。

看到白菜，我想起了人生。中年时的拼命远游，终于摆脱故乡的贫穷，但是到了晚年，心里总觉得空落落的，客居他乡的人，希望落叶归根，这时候不需要衣锦还乡，只需要闻闻这故乡的泥土味，闻闻这满地的白菜味即可。

白菜从生到死，经历了无数次被动的选择，每一个选择，都足以致命。我记得小时候，农户人家的院子里，多会开辟一片菜园。

入秋，白菜的大胖叶子，铺的满园子都是，每天中午，父母都会在白菜中间，挑选一些瘦弱的白菜苗下锅，这样一层层地选拔，留到最后的多是长势繁茂的，它们在园子里，孤独地看着农家院子的寒碜，看着农家小户，是怎么节省地过日子。

如果公鸡误入菜园，就会造成灾难，他们将白菜的叶子，啄成大小不一的圆孔，远望上去，叶子烂的不忍直视。可是白菜忍着疼痛，在内心处长出一些新的希望，它们一丝丝的放大，一点点变得苍绿和肥厚。白菜是故乡寒冬的菜肴，全长在这片土地上，如果它过早地放弃生长，那么农家的贫瘠又会多了几分。

豫东平原的白菜到处都是，院子里、自留地，铺天盖地。

“莲花兜上草虫鸣，处处村庄白菜生”（明・郑明选），说的是何等贴切啊！也许在寒冬的豫东平原上，唯有白菜为乡村挣得一丝颜面。

一场风，叶落干净，唯有白菜蹲在地上，抱紧自己，让风寒失望而走。

在孤灯下，与白菜相伴，真是乐何如哉！翻开书，发现白菜并不呆板，各具形态。“晚白菜肥蚕出火，冬青花落燕成家”（明・杜衡），这是南方的白菜吧，它一定被汪曾祺嚼过菜根。

"此圃何其窄，於侬已自华。看人浇白菜，分水及黄花"，这是杨万里的白菜，多么悠闲的心态啊！一个人看农夫挑水浇白菜，我想那颤悠悠的木桶，一定留下一道湿湿的水痕。"猿栖哓树青藤瘦，雀啄冬畦白菜稀"，这白菜多少有些消瘦了，鸟雀在地里啄食白菜，那农家呢，一定在捆绑稻草人吧！有了稻草人，鸟雀便能安静下来。

古人的东西才谈得上有味道，今人的种种，都着实粗俗简陋。现在人吃白菜多是胡乱的吃法，一点都不好玩。《齐书》里记载一个故事，周颙隐居在钟山，文惠太子问他："蔬食何味最胜？"周颙答曰："春初早韭，秋末晚菘。""菘"，即白菜，这晚秋的大白菜和早春的韭菜独占鳌头啊！

朱敦儒喜食白菜，那是在品味生活啊，你看"先生馋病老难医。赤米餍晨炊。自种畦中白菜，腌成饔里黄薤。肥葱细点，香油慢焰，汤饼如丝。早晚一杯无害，神仙九转休痴"。这白菜一打开，满是生活的味道，里面隐藏着柴米油盐酱醋茶，多么干净的白菜啊，除了自由生活，什么都不渴求。

老百姓喜欢的是白菜里隐藏的物趣，而皇帝喜欢白菜又是为哪般呢？清道光皇帝有诗曰《晚菘》："采摘逢秋末，充盘本窖藏。根曾滋雨露，叶久任冰霜。举筋甘盈齿，加餐液润肠。谁与知此味，清趣惬周郎。"说明皇帝也吃大白菜，而且喜欢这清淡口味，这吃惯山珍海味的人，终于回归简约了。

当然，豫东平原的人家，都是贫苦的，他们是不得已而为之，只有白菜不辜负乡人，乡间如果没有白菜，那么我不敢想象冬天应该如何度过，只有冬天的田野里站满孤独的白菜，乡人心里才有底气，白菜的生死，也像人的生死一样，都是一种自然的寂灭。我难忘白菜在冷风中发抖的样子，天越冷，它们将身子抱得越紧，共同抵抗风寒。冬天来了，或者是一场冬雪，白菜就得与泥土告别，快速离开土壤，否则就会成为冻菜。

我认为白菜是百菜之王，在北方，再也没有比白菜更受重视的蔬菜了。人们将白菜从地里搬运到村庄的院落里，在院子里挖开一个坑，将白菜一棵棵码整齐，然后用土封严，过了年，锅里也便有了绿意。

我喜欢一棵孤独而苍凉的白菜，它孤独的身姿，让我想起母亲，母亲常常将心思抱紧，每次打电话从不向我们诉说委屈和不顺，只是说着家里的好。白菜活着活着，就活到了烈风的背后，母亲活着活着，就活成了孤独的人，母亲像白菜一样，把自己栽进故乡里。

白菜虽然卑贱，但是从不自卑，时刻挺起身子。无论在任何时候，它都抱紧一颗干净的心，一层一层地打开白菜，里面是干净的灵魂。

它从不向乡村妥协，孤独地活在冬天里，也许，在寒冬中唯一生长的就是白菜了。读到董桥的一篇文章《萝卜白菜的意识》，有这样一段话："张大千画过一幅萝卜白菜，题了石涛一首七绝：'冷澹生涯本业儒，家贫休厌食无鱼。菜根切莫多油煮，留点青灯教子书！'绿缨红头的萝卜、鲜嫩青翠的白菜，此处已成寒士操守的象征，配上那首诗，风骨自是愈发峥嵘了。"

想想故乡的白菜，觉得它们配得上这个说法。

乡村的冬天，靠白菜养生，你看院子里的瓮坛里，满是泡菜，吃饭的时候，围着炉火，吃着晚菘，是多么惬意的事情。白菜不适合城市，城市往往将白菜看得低贱，我在锦州上学时，满大街的白菜，卑贱地伏在地上。我不喜欢这样对待白菜，只有豫东平原的乡村，白菜才会被农人像神一样供着，父亲一次次计算着白菜的数目，收成不好的年份，母亲便会将一顿饭的白菜节省成两顿饭来吃。

一些富贵之家，家里常常供着翡翠白菜，他们只知“发财”的俗意，不懂这翡翠白菜还有一个深藏的寓意，这寓意齐白石最懂。齐白石生于“糠菜半年粮”的穷人家，念念不忘“先人三代咬其根”的苦，认为“菜根香处最相思”，常以青白菜谐“清白”之音。对，这清白之气，才是白菜的本心啊！

许多人一说起齐白石，脑中都浮现出齐白石的虾，其实齐白石的白菜，也是他笔下另一个活生生的风物，里面还隐藏着一件趣事。

有一年，齐白石听到门外吆喝卖白菜的声音，便坐不住了，非得用自己画的白菜，去换人家的大白菜，结果被人臭骂一顿，老先生灰溜溜地走了，这是老先生的童真所在，将画中白菜看成生命之白菜。

故乡的白菜，自然没有齐白石那样的趣事，但是故乡的白菜，却是如此的尊贵，被父亲枯瘦的手，一遍遍地抚摸，它清白的叶子，也让故乡变得如此的有味。

在他乡，我也是一棵孤独的白菜，紧紧抱紧自己。

34. 萝卜：乡村的仁慈

以前读《红楼梦》，总觉得书中的文字甚为文雅，一股文人气，可是自从刘姥姥进大观园以后，这风气变了，读到刘姥姥的牙牌令：中间“三四”绿配红——大火烧了毛毛虫。右边“幺四”真好看——一个萝卜一头蒜，顿时哑然失笑。

萝卜之风，其实是君子之风，故乡人最为知晓。“头伏萝卜二伏芥，过了三伏种白菜”，萝卜完整地经受了酷暑，它的人生也得以锤炼，它充实地过完了三伏就走向了寒秋。三伏天里，故乡的人蔫了，狗也蔫了，唯有萝卜枝叶繁茂，唱着远古的歌谣：“采葑采菲，无以下体”。葑是大头菜，菲则是指我们熟知的白萝卜。

也许，日常最常见到的事物总是被人轻视，萝卜在故乡，最被乡人看不起，认为它只是一个傻大个，整天沉默不语。没有文化的故乡人哪里知道这沉默的萝卜，在远古的邶地，早就被人写进《诗经》里。

在豫东平原上，乡人总会开辟出一方菜园，里面种满白菜和萝卜。我想，在庐山脚下的陶潜可能也种萝卜？不种萝卜的隐士，不是真的归隐，种萝卜其实是种一种心情：一地悠然和无欲。

父亲，是一个粗人，识字不多，但是却总能种出最好的萝卜来。文人写文，要字斟句酌，农人种地也一样，也需要精耕细作，父亲将土地耧的平整，才小心翼翼种上萝卜。这片土地，是父亲手里最好的宣纸，父亲熟悉这土地的秉性，某个地方凹，爱积水，某个地方凸，留不住水，父亲一清二楚。

种植萝卜的人，是在书写一种浓郁的生活气息。有时候，父亲累了，也会叉着腰歇息，望着远方，看豫东平原的空旷。常年伺候土地，把土地当成自己的孩子，但是熟悉了土地，人也老了，拿不动锄头和耧的父亲，总是想着自己年轻时的样子，布鞋上沾满厚厚的泥巴。

豫东的菜园，看似平静，其深处也充满了优胜劣汰，畦中撒籽，苗出之后，瘦弱者、过密处的萝卜苗均要剔除。但是乡人剔除萝卜幼苗不会过早，等到萝卜一地青绿时，乡人才将多余的部分剔除、洗净，加些油盐酱醋，这是萝卜献给农人的第一盘青蔬。

故乡的萝卜，非经寒霜而不可食用，霜前的萝卜，多呈现出苦味，霜后的萝卜，生发甜意，这故乡的贱骨头，必须经受寒霜的敲打，才能品味出人生滋味。

萝卜长着长着就变了样，土下的部分如玉一样白亮，土上的部分却绿的可爱。也许这萝卜看透了人生，刻意隐藏自己干净的内心，只不过它们将土地当成坚固的房子，没想到背后的一双手，比土地还要世俗。它们刻意让土上的部分，蒙蔽着世俗的灰尘，给世人一种入乡随俗的假象，但是骨子里绝不向人类妥协，拔出萝卜，发现土下的部分，依旧洁白如本心。

在故乡，每一个人都会有两个名字。学名是留给家谱和官方的，小名是留给村庄和民间的。萝卜也一样，“萝卜”只是它的小名而已，村人一声声地叫着“萝卜”，像叫着自己的儿子一样亲切。对于那些不常见的学名，譬如菲、莱菔、芦菔、罗服、萝訇、土酥等，早已被人淡忘。正如一个远走他乡的人，回到故乡问自己故友的学名，村人多半茫然，唯有一些上了年岁的人才能记起此人是二狗子，于是乡人哑然失笑，还说得文绉绉的，原来是二狗子。

喜读汪曾祺先生的散文，只不过为了那文中诱人的美食而已，故乡的萝卜，同样也被乡人记住了一些烹食的方法。年关之际，母亲总是将萝卜切成细丁，然后和在面里，准备一锅滚油，顺着锅而下，美其名曰“萝卜丸子小人参”。萝卜的叶子，晒成干菜，冬天就可以包萝卜叶包子了，有时候和晒干的槐花拌在一起。总之，故乡的干菜里，有萝卜的一席之地。

故乡的萝卜，白心的被我们戏称为“质本洁”，紫心的被我们戏称为“心里美”，它们在寒秋中站着，像一个守望乡关的老人。萝卜对于故乡，充满了现实主义情结，其实在消逝的唐朝，我们的老乡杜甫也在诗歌里记载过萝卜，不知道那时的老乡是否还在孤独的路上。

乡人时常一把将萝卜从地上拔出来，用萝卜缨子擦掉泥土，大快朵颐。这种青白相间的萝卜，够味、够辣，但是这个吃法太具有流氓气，文人是不会这样吃的。阮葵生《茶余客话》中说李安溪："每秋冬夜永，饱餐炳炬摊书，断生萝卜寸许者满置大盂，每精诣深思时，辄停笔尝一二寸，尽盂乃就寝。"这夜读的文人，居然把萝卜当成盘中餐，文字、萝卜，也和灯盏、书本连在了一起。文人记载萝卜吃法的文章太多了，袁子才《随园食单·小菜单》：有侯尼，能（用萝卜）制为鲞，煎片为蝴蝶，长至丈许，联翩不断，亦一奇也。这样的文章举不胜举，包括苏轼都对萝卜青睐有加，著名的"东坡羹"就是萝卜熬制而成的。陆游《入蜀记》记录了农人有萝卜不给他吃，却让他吃萝卜缨的过程："三日，自入沌（鄂州西），食无菜。是日，始得菘及芦菔，然不肯劚根，皆刈叶而已。"这苦命的陆游，同样是与萝卜结缘，苏轼坐在桌前，细细品味，而陆游则坐在饭桌前，大口吃着萝卜缨子。

萝卜，自从地里拔出来，就漂无定所了，一些被送进菜市场，在寒风中瑟瑟发抖，等待着说着豫东方言的故人将它们领回家。一些留下的，是比较幸运的，挖坑、运土、深埋。留下的萝卜，其实在过着一种简约的生活，每天都是白菜萝卜的日子，唯有豫东平原较为常见。

如今，我怀念故乡的萝卜，它们寄养着乡愁，从故乡的庭院里走出。

我是一根故乡的萝卜，在城市的寒冬里走动，上面落满了雪。

35. 大蒜：苦难的乡愁

《说文解字》中说：蒜，荤菜。根据书中记载，很多人很可能将蒜误认为肉类的范畴，其实这是对蒜的误解。佛家戒荤，不是说佛家排斥肉类，而是说佛家戒食一些具有刺激性气味的食物，譬如大葱、蒜。佛家讲究日常的饮食，其实是为了传教与交流，吃了刺激性气味的东西，与人交流便多了些隔阂。在印度的佛教里，最初是不戒肉食的，只是传到了中国，这佛教里多了不杀生的仁慈之心，于是戒荤成为中国佛教里的重要教义。

那么，回归到蒜的本身，这荤菜主要是指这刺激性气味。《尔雅翼》中记载："大蒜为葫，小蒜为蒜。"蒜有大小之分，我不甚了解，我只知道故乡的蒜被称为大蒜，严格意义上说只能称为葫，那么小蒜到底是什么呢？豫东平原上，找不到小蒜的影子，后来远走陕西，在延安洛川小城，见到小蒜，类似于野葱一样的植物，是当地农人最爱喜食的野菜。

故乡的大地上，蒜随处可见。麦价太低，金黄的麦浪消失在历史的文字里，此刻的故乡，弥漫着一股刺鼻味道。也许，从故乡经过的异乡人，都会对此处的刺鼻味道产生反感，但是谁会想到，这些刺鼻的味道经过乡人反复翻晒，最后被车运往远处的城市，当您的厨房里散发着蒜香的味道时，不知道能是否想到豫东平原上，那些刺鼻的大蒜味。

母亲总是教育我说，故乡人对蒜顶礼膜拜，蒜从播种到收获，乡人不知道磕过多少头。是啊，熟悉乡村生活的我，眼前浮现出这样的场景：满地翻耕的泥土，母亲跪在地上挪动着，手里的蒜瓣飞快地栽进地里。收割时节，父母仍然跪在地上，一棵棵地从地下剜出。这一步一跪拜，让乡村的蒜，享受着虔诚的仪式。

蒜，刚从地里面剜出来，水分极多，母亲常把这些水分极多的蒜剥洗干净，放在筐子里。然后用力摇晃，让它们激烈碰撞，直到它们身上伤痕累累，蒜瓣也变得稀软，这时候母亲就将这些剥好的蒜，撒上调料，然后放在塑料布上扎紧，直到入味为止，这菜，在故乡叫碰蒜。

豫东平原的土地上，生长着蒜，乡人也便开始变着花样研究蒜的吃法。

泡蒜，是一种最常见的食物，将这些蒜清洗干净，放在缸内腌制，醋和糖的多少依照口味而定。故乡的泡蒜以酸为主，直到远走陕西之后，在羊肉泡馍的小店内，看见一盘的如此亲切的泡蒜，一下子让我想起母亲来，但是吃上一口，便觉得陕西的泡蒜以甜为主，和故乡的泡蒜相差太远，只是形似而已。

腊八蒜，豫东平原当地称之为“绿蒜”，碧绿通透，腊八到，意味着新年在不远处等着归人。“腊八、祭灶，新年来到”，腊八，人们将剥皮的蒜瓣放进坛子里，里面浇上些醋，可是有些人泡出的腊八蒜总是泛白，让人一看就没有胃口。

我时常在想，同样的蒜，同样的坛子，做出的颜色如此不一样。村里的四爷，已经上了年岁，他不敢关心地里的庄稼了，只是喜好腊八蒜，他做的腊八蒜，被乡人认为正宗的腊八蒜，他告诉我，做腊八蒜的诀窍在于两样很常见的事物。一样是大葱，一样是菠菜。原来，腊八蒜迷雾的背后，躺着被人轻视的蔬菜。

姐姐远嫁到豫鲁交界的小镇，每年春节归来时，总是念叨着腊八蒜的好，丰盛的饭桌上，总有一盘碧绿的腊八蒜，放在最显眼的位置。

我知道，这一盘腊八蒜，是给姐姐准备的，是远走他乡的一种念想。母亲，无论多么繁忙，都要抽出时间腌制一坛子腊八蒜，这蒜里留下乡村童年的味道，以至于我们这些远走的人，总是想着家乡那碧绿的颜色。

36. 姜：性烈的果实

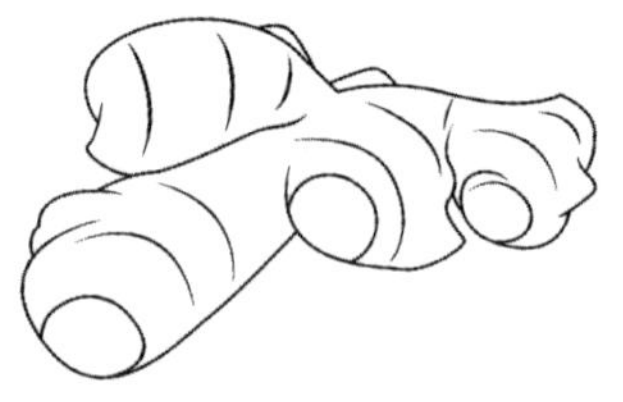

故乡的姜，很质朴。个头不大，但是辣到好处。这些姜，怎么看都不像一个具有神话色彩的植物。

翻开书本，发现这样的记载：相传，“生姜”是神农氏发现并命名的。一次，神农氏在山上采药，误食了一种毒蘑菇，肚子疼得像刀割一样，吃什么药也不止痛，就这样他晕倒在一棵树下。等他慢慢苏醒过来时，发现自己躺倒的地方有一丛尖叶子青草，香气浓浓的，闻一闻，头不晕，胸也不闷了。原来是它的气味使自己苏醒过来的。于是，神农氏顺手拔了一兜，拿出它的根放在嘴里嚼，又香又辣又清凉。过了一会儿，肚子里咕噜咕噜地响，泄泻过后，身体全好了。他想：这种草能够起死回生，我要给它取个好名字。因为神农姓姜，就把这尖叶草取名“生姜”。这神话传说，美化了生姜，也让生姜带着神话的光环走进厨房之内。

豫东平原上，以姜分名的有两种，一种是生姜，另一种是洋姜。两种植物具有不同的秉性：洋姜性格温和，散发甜味，像一个邻家的姑娘；生姜则性格火辣，气味刺鼻，像一个叉腰骂街的泼妇。

其实，这洋姜是故乡一本本厚重的书，这本书上写满了饥饿和苦难。那些年，豫东平原贫穷至极，大跃进、农业学大寨，将故乡推向饥饿，多亏这野生的洋姜，蓬发在田野里，挖出这白白的家伙，丝丝甜意顺着胃而下，填饱了肚子，生活也便有了活路。

生姜，是一种药，乡亲们遇到头疼脑热、伤风感冒之类毛病，常用民间的土方治疗：熬上一大碗姜汤，味道虽不好，但是捏着鼻子也得灌下，盖上厚厚的被褥，捂出一身透汗，人对着天空连打几个痛快的喷嚏，病就好了。

我记得有一年，村里不知怎么就流行起种姜来，一望无际的姜，但是乡人的跟风行为显然影响了市场走向，那年的姜价格极其便宜。

我记得父亲拉着架子车，一车的生姜，我在后面吃力地推着车子，到了镇上，市场上的姜被压价，满车的姜，换来五块钱，有些人一赌气将满车的生姜倒在路边的河里，这故乡的人，总是被一些看不见的东西捉弄，一季的收成，居然以这样的形式结束，我想，如果将豫东平原上的日常生活翻拍成纪实片，一定是荒诞主义的成分居多。

故乡有句俗话叫“冬吃萝卜夏吃姜，不用医生开药方”，翻开医书，无论是《本草纲目》还是《千金方》，对姜药理效用的描述大体相同：姜味辛、气微温。夏天天气炎热，人们喜食冷物，胃内易积寒，姜为热物，食之可祛寒气，也许，这故乡的人，一直在医术上行走着。

其实，姜的功用，在文人身上早就记载清楚了，孔圣人在《论语》中说过："不撤姜食，不多食。"他的长寿与爱吃姜有多大关系有待于考证，但是多吃姜的习惯绝对有助于长寿。看看这首打油诗："一斤生姜半斤枣，二两白盐三两草，丁香沉香各半两，四两茄香一处捣。煎也好，泡也好，修合此药胜如宝。每日清晨饮一杯，一生容颜都不老。"

这白开水似的语言，你能猜到是苏轼的文字吗？那个宋代的文豪居然写出这样浅显的诗句，姜与文字，被文人涂抹的如此富有生活气息？在乡下，每一个人都对姜刮目相看，他们知道，厨房之内，必有姜隐士。

我不知道北宋时代的豫东平原上，苏轼是否也像在黄州一样开辟一片耕地，里面种上些繁茂的姜？

37. 苍耳：孤独的影子

我知道苍耳在《诗经》里出现过，《周南·卷耳》中写道：“采采卷耳，不盈顷筐。嗟我怀人，寘彼周行。”这卷耳据说就是苍耳，但是，故乡的苍耳叫蒺藜狗子，是一种果实带刺，像小刺猬一样的植物，我一直怀疑这苍耳和卷耳不是一种植物。

《博物志》记载：“洛中有人驱羊入蜀，胡葈子多刺，粘缀羊毛，遂至中国。”这一下就清楚多了，这些就是苍耳啊。汪曾祺在回忆起故乡的草木时，说得极其形象，称之为“万把钩”，令人见之不忘，但是我的故乡，远非江南的高邮，而是豫东的草儿踩，这里是杞风的发源地，这蒺藜狗子的粗俗叫法，可以看出它与乡间的狗联系甚密。你想，这狗在植物间穿梭，一定沾满了苍耳的种子，不知道那一个爱开玩笑的乡人，一句蒺藜狗子，将它定格下来，这样也好，可以随着狗身到处传播，来年一地的蒺藜狗子。

翻开书本，古人说苍耳的极多，李白的“不惜翠云裘，遂为苍耳欺”，有酒的地方就有李白，但是多了这些蒺藜狗子。杜甫的“卷耳况疗风，童儿且时摘”我最能理解，饥饿和多病，永远是老杜人生的二重奏，苍耳是中药，自然会进入老杜的茅屋。

豫东的人们只知道它是蒺藜狗子，但是不知道它叫苍耳，我仍记得我六岁那年，爷爷进城去看病，医生用牛皮纸包了些中药，爷爷像捧着自己的命一样，小心翼翼地将其带回家，一开眼，爷爷大骂医生的昏庸。原来医生所开的中药是蒺藜狗子。爷爷不相信豫东土地上这些无人问津的蒺藜狗子能治他的病，于是也没将苍耳放在心上。

在乡野的土地上，苍耳孤独地不和人类对话，它知道，自己卑微的草木之身很难被人看得起，它们忍受着这种误解，站在空旷的土地上看远处的树，看头顶的云与飞鸟。

它，静立中原，读懂了天地之心，唯有沉默，才能谅解一切。

38. 七七芽：落在乡村的草

我喜欢这样的称呼，凡事与“七”有关的事物总是好的，譬如七夕，譬如七仙女，这样的事物都是深藏在心里的一种童话。

在豫东，还有人将七七芽写成萋萋芽，一个萋萋，将草木的茂盛之心顿现，譬如“葛之覃兮，施于中谷，维叶萋萋”“晴川历历汉阳树，芳草萋萋鹦鹉洲”；譬如“萋萋巫峡云，楚客莫留恩”“卷图烈日忽遮藏，天半萋萋野云起”；譬如“袭春服之萋萋兮，接游车之辚辚”“掩萋萋之众色，挺嫋嫋之修茎”。

居住在开封城的周定王，竟然称萋萋菜为“刺蓟菜”，为何将豫东的野草冠以河北地名的雅称，让人百思不得其解。周定王说，萋萋芽“采嫩苗叶熟，水浸淘净，油盐调食，甚美”。这满是尖刺的叶子能入人肠胃，真是不可思议，这七七芽的身世如此布满谜团。

豫东的七七芽，是一种野草，头顶开紫花，叶子边缘满是刺，让人避之。我们常常将七七芽的花朵放在嘴里咀嚼，吐出一地的红，像殷红的血液，身子坚挺，然后直身倒下。不知道实情的人，还以为我们得了什么怪病，慌忙叫来村医，没想到我是那个说狼来的孩子，一场虚惊，皆大欢喜。

七七芽，它一个人站立中原，用孤独的影子寻找悲悯。

我却在七七芽的身上，洒满了流水的光阴，每念及此，总觉得童年多了些鹅黄的色泽，是七七芽让我的童年逃脱灰色的暗影。

那时，我一个人放牧牛羊，对着七七芽说话，用七七芽检验童真的谎言。村里人常骗我说，我是母亲在南地捡来的，我误以为真，为了证明母亲是否真的在意我，就用吃七七芽，然后吐血装死，刺穿一些生活中的谎言。

七七芽，在豫东的土地上，一次次读着日暮和月色。我也在七七芽身上，读着生活。

豫东平原，落满贫穷。土地深处，除了衍生饥饿、荒凉，还衍生这一翡翠绿似的原野。我在一株植物面前静下心来，修禅、悟道，将它的普度众生搬往心头的寺庙，一个个慈眉善目的植物，将生活的苦瓦解！

39. 毛毛根：拔茅连茹

那些年，常常一个人在田野的深处寻觅，用缺吃少穿的目光翻阅这一野的贫瘠，偶尔看见远处一片绿色，疾走几步，便会发现一些嫩芽，先开花，后长叶，与大多数植物不同，形似尖锥，顶端绛红逐渐变绿，这絮状的白花，嫩嫩的软，放到嘴里，舌舔即化。土里掩埋的那段则由嫩黄渐变为白。夏生白花茸茸，至秋而枯，其根至洁白，六月采之，剜开泥土，发现白白的根，用手捋净，便会放进嘴里大快朵颐。

这贫贱的植物，是豫东平原的私生子，一场风，就呈现出顽强的生命力，圈占了所有空白的地方，它们安静生长，却让一些饥饿的胃不能安静，饥饿的世界里，人成了苦难的背景墙。

乡下人，一直就这样叫着它的小名：毛毛根。贫贱的植物好养活，不管经历了多少次的变故，毛毛根永远是土地上最亮眼的孩子。后来，上学了，才知道它原来还有一个学名：白茅，在《本草正义》上说："白茅根，寒凉而味甚甘，能清血分之热，而不伤于燥，又不粘腻，故凉血而不虑其积淤，以主吐衄呕血。泄降火逆，其效甚捷。”原来，我们这些乡下人一直在贪婪地吃着这一味泻火的中药，怪不得乡下人的身体总会健如黄牛呢？

后来，在《诗经》里发现这不起眼的毛毛根，竟然散发出文雅的气息：谷荻。很多书籍为它注释，譬如：“时珍曰：茅叶如矛，故谓之茅。其根牵连，故谓之茹。《易》曰：拔茅连茹，是也。有数种：夏花者，为茅；秋花者，为菅，二物功用相近，而名谓不同。《诗》云：白华菅兮，白茅束兮，是也。”

这哪里是乡野的毛毛根啊，分明是文字里的宠儿，但是在乡野，毛毛根依然拖着卑贱之躯，从来不敢将远古诗经里的小姐脾气带入生活，野性的世界里，文雅便显得另类，不如毛毛根的低贱来得实在。

40. 马齿苋：一身九命

豫东平原，最不缺的就是马齿苋，那些饥饿的年份，这马齿苋可是救命的恩人，和树上的槐花、榆钱一起喂饱乡人空空的胃。

在故乡，吃的最多的是马齿苋，这种野菜，虽然有些酸意，但是叶肥厚，吃着过瘾。它有九条命，是植物中的猫。晒不死。即使奄奄一息，只要见一滴雨水，马上复活。后来才知道，这野草与神仙有关，后羿射日，仅剩的一个太阳，就躲在马齿苋下，它因救驾有功，封了功勋。

在豫东平原上，凡是能够站得住脚的植物，多半有着一般植物比不上的优点，这满地的马齿苋，即使将它连根拔起，扔在一边，不久它还会绿绿地活着，喝了一肚子的水，即使一段时间不喝水依然能够覆盖豫东的空旷，这马齿苋其实就是植物中的“骆驼”，耐渴性极佳。

四月，马齿苋铺了一地。这马齿苋，叶肥鲜嫩，用清水淘洗干净，凉拌炒蒸俱可。这东西，不敢乱吃。我记得村里有一个叔叔，吃了一碗马齿苋馍馍，就犯了旧病，一命呜呼了。

可见，这马齿苋也暗藏玄机。

只是这马齿苋在乡下，确实有吸引力，鲜嫩的叶，水分充足。这菜，吃法甚多。许多人见了它便什么都不顾了。

凉拌马齿苋，蒜蓉马齿苋、蒸马齿苋、马齿苋馅包子、马齿苋炒鸡蛋，俱可。母亲做的最多的是和面和在一起，团一团，就是马齿苋团子，拍一拍，就是马齿苋饼子，做成馍，就是马齿苋馍馍。

一碗红辣子，放在一团绿色团子中间，多么和谐的搭配。窝窝头，蘸辣子，在乡村是大众的吃法。

我常想，这饱满的植物能和马纠缠在一起吗？后来终于看出些门道来，这叶子像马的牙齿，但是我不喜欢吃这种野菜，吃的时候会觉得一股酸味，让饥饿的肚子更觉得空，但是远在洛阳的河南老乡杜甫却最喜这植物。他在《园官送菜》中写道：“苦苣刺如针，马齿叶亦繁。青青嘉蔬色，埋没在中园。”我心想，这老乡怎么对马齿苋情有独钟呢？后来翻开他的简历，一生孤苦，半生漂泊，也许是这满野的马齿苋经常救济他那空空的粮缸吧！

马齿苋，应该最具贫穷味，即使它肥嫩的长相迷惑了世界，但是作为豫东平原的乡下人我知道，马齿苋的酸并不好吃，那只是饥饿下的不得已而为之。

读读顾城的《雨后》：“雨后／一片水的平原／一片沉寂／千百种虫翅不再振响／在马齿苋／肿痛的土地上／水虱追逐着颤

动的波 / 花瓣、润红、淡蓝 / 苦苦地恋着断枝 / 浮沫在倒卖偷来的颜色 / 远远的小柳树 / 被粘住了头发 / 它第一次看见自己 / 为什么不快乐”，都说顾城是童话诗人，可是他对于马齿苋并没有表现出童话的意味来，我觉得这样的顾城才是伟大的，他从骨子里真正地懂一种乡下植物，本来马齿苋就与高贵沾不上边，这一句“在马齿苋 / 肿痛的土地上”，可谓一针见血地写出了平原上的贫寒味和苦难的痛感。

41. 荠菜：三春荠菜饶有味

中原风暖，二月的荠菜（河南称荠荠菜），便迎风长大了，母亲便采回一些。荠菜，是文人之菜，陆游、苏轼都喜欢它。我最喜欢的句子，是“十亩之郊，菜叶荠花，抱瓮灌之，乐哉农家”，这农家生活，被文人爱到骨子里。

上学的时候读到“春在溪头荠菜花”，便觉得满眼的诗意。心想，我的老家要是能有这满山的荠菜花就好了，后来，发现了田间乡下有太多的荠荠菜，于是母亲采摘一些来，用这卑贱的荠荠菜包饺子，细品之下，颇觉美味。

豫东有歌谣云：“荠荠菜，包饺子，吧唧吧唧两碗吃”，可见这荠荠菜在故乡还是受人待见的，即使一些大家也对它溢满了赞誉之词。宋代大诗人苏轼是个“荠菜迷”，他在诗中写道：“时绕麦田求野荠，强令僧舍煮山羹”，他还发明了名传四海以野荠为原料的“东坡羹”。诗人陆游品尝了“东坡羹”之后，吟诗道：“荠糁芳甘妙绝伦，啜来恍若在峨岷（峨岷指苏轼故乡）。”他们一起为这繁茂的荠荠菜书写传记，让这草木的卑贱之躯呈现出一种超越来：超越乡人对于野的认识，超越文人对于野的认识。

其实，小小的野生荠菜，有书写不完的风韵，入诗便觉得不再稀罕，更有清代画家郑板桥将荠菜入画，他画中留给人间的容颜，是如此的生动，这哪里能看出“自小出野里”的贫贱气息呢？且在画上题诗云：“三春荠菜饶有味，九熟樱桃最有名。”将樱桃和荠荠菜连在一起，我顿时觉得我在骨子里对它轻视得太重了，一个具有很高文化修养的人，竟然为微不足道的荠荠菜大写赞词，不能不说这是一种植物与人的平等，郑板桥将荠荠菜放到与人等高的位置，才有后世人对于其书画的仰望，我深深地悔恨自己内心里根深蒂固的白眼。

说来惭愧，我就是《论语》里那个“四体不勤，五谷不分”的人，虽说身在乡野，但是总是梦想着某一天离开这贫穷的地方，然后从没有细心打量过这些野菜，我甚至分不清荠荠菜和曲曲菜的区别。

记得有一次，母亲将地里挖来的曲曲菜淘洗干净，我误以为是荠荠菜，第一口，我便觉得这野菜难以下咽，如此的苦味还挤进野菜的园地里诱惑着人，母亲看出了我的心思，说“良药苦口利于病”，这一口苦，和苦瓜如此相似，孤独而安静。

后来，我知道那野菜叫曲曲菜，便觉得自己离它们太遥远了，我竟然分不清一些植物，人生不应该与植物刻意保持距离，应该走进那一片土地深处，参看它满身的苦意，观看这满地修行的野菜，才能在生活中分辨出一些细碎的东西。从曲曲菜的苦中，才觉得荠荠菜的可爱，怪不得这孤独的植物，总会抓住人间肤浅的胃。

42. 米米蒿：一地米米碎

豫东平原，村庄盘踞中心，四周多草木。

一个人，在明月半墙的日子，怀念一地的蒿草。

一月，春风吹过，吹醒了这些熟睡的灵魂，它们开始用低贱的姿态，一寸寸占领平原内心的空旷。田野复苏。满地的野菜，舒展着筋骨，奔跑在田野上。

你看，这满地的嫩芽，让一村的女人、孩子挎起竹篮，走向田间阡陌。母亲，也挎着竹篮，拿着铲子，下地了。等她回来时，两手一定沾满了泥巴，篮子里，满是米米蒿、水萝卜棵、面条菜，她把一月的绿，一月的嫩，搬到厨房里。

春天，吃一肚子野菜。

俗话说："一月茵陈二月蒿，过完三月干柴烧。"蒿草需要趁着芽嫩，及时采摘，然后做成豫东独特的饮食。洗手、择菜、淘菜，然后把菜和面拌均匀，上笼蒸。出锅，捣一臼蒜泥浇上。

其实，说起豫东的蒿草，乡下人一直叫它"蒿蒿棵"的诨名，后来翻遍书籍，也不知道这蒿蒿棵归属于哪一科目。一次偶然机会，得知这满地的“蒿蒿棵”竟然叫“米米蒿”，多么文雅的名字啊！

其实，对于“蒿蒿棵”乡人一知半解，有些农人把它与“抱娘蒿”相提并论的，其实不是一种。《野菜谱》说：“抱娘蒿，结根牢，解不散，如漆胶。”而麦地里的米米蒿独根独苗，很容易连根拔起。

米米蒿隐藏于麦下，躲过太阳的目光，安静地在豫东原上吸收天地之灵气，吸收风雨之精华，见风而动，见日而长。

米米蒿幼苗味苦，枝叶青翠，用热水焯后更显绿意盎然，放在白色的瓷盘里，一幅生动的乡野美食图。

儿时的豫东原，飘满了米米蒿的味道。

闭眼，一股清香在鼻尖上，张开眼，满山开着油菜似的黄花，万绿丛中点点黄，很是富有诗意。

花落果饱，这时候乡人将它归拢在一起，然后拿到油坊炸出黄澄澄的油，这些油滋润着我们的生活，让白开水似的日子丰满起来。

记得，那个时候的我，由于缺吃少穿，显得面色蜡黄，后来医生说我感染上了黄疸肝炎，于是母亲从地里采摘一些蒿蒿棵，放在锅里煎熬成水，然后这一碗苦水入肚，便觉得康健起来。

母亲，这个大字不识的人，常常能把生活这本大书读得通透，让我辈这些死读书的书呆子顿觉汗颜。

我远走陕西，落居于陕北小城。

在那个贫瘠的黄土塬上，经常见到一些和米米蒿相似的野菜，粗看相似，细看有别，后来从当地农人嘴里知道这种野菜叫“白蒿”，见白蒿而想起豫东原的米米蒿，这一地明晃晃的乡愁。

43. 红薯：过敏的回忆

“过敏”，是我面对红薯时，所持有的一种态度。

其实，这个词，出现已久，它很早就躲在我的心里，我怕它出现，怕它泄漏我以前卑微的生活，我死死地压抑着它。

“过敏”一词，带有太多的情感因素。如果抛弃这个词的本源，顺着词的所指发现，我是对回忆过敏，对胃疼过敏。这些情绪，都缠裹在红薯的历史里。

一个人，躲在乡下。通过祖父的嘴，掏出一些旧事，把一个村子的格局逐渐打开。他总是对我说，那些年，人太苦了，粮食不够，就大面积的种植红薯，这作物，产量高，能救命。

每天煮一锅的红薯，人吃的胃泛酸，刚开始不懂，认为红薯很好吃，就拼命地吃，用此充饥。吃多了便厌恶起来，或者是父亲酸疼的胃，总是为它呈现判刑的证词，红薯的甜，实则是一把刀，正一刀刀，割掉胃的正常功效。

这里不种土豆，以红薯为主食。多年以后，我出中原，进陕西。在食堂，每次遇到红薯，我都毫无食欲，总觉得它有父亲胃疼的影子，它把我们的贫困，钉在过去的十字架上。

薯粉，是豫东村庄的最爱。红薯收后，父亲便忙了，做了一院子粉条。

父亲每天早出，他一般不去集市，集市要收摊位费，父亲可怜那些钱。一块钱，在生活中，足以让家里充满一些幸福，可以买一些东西，譬如：糖、盐。

你可以想象，一个人，骑个自行车，驮着粉条，一出口就是苦难的声音："粉条嘞，谁要粉条嘞。"也许，十里八村，都飘散着父亲的气息。一个老式农民，夹在卑微生活的裂缝里，在日暮里归来。

粉条，不仅承载一个家庭的经济，而且还承载着一条命运的河流。它静默不语，在日子里喂养一家人的温饱。年关的衣服，平日的口粮，都和它有关。

所以，我过敏的不仅是红薯，更是红薯背后的生活。

我的村庄，很小。在这里，人们只记住周围几个村庄的名字，外面的灯火，繁华的都市，都一概被屏蔽了。但是，那些年进入乡村的都是一些大词：土地运动、改革开放。

这些词，会搅乱人心。我喜欢这些词里，那些温柔的瞬间。分地后，会有红薯爬满土地。它，面红耳赤，像个犯错的孩子。

父母面对着红薯，总是脸红。听村人说，那时我家很穷，父亲每天需要早起外出要饭。其实那个时节，有余粮的家庭不多，父亲要了一上午，篮子里还是空空的。父亲也说不清怎么走到外婆家。母亲看到寒酸的父亲，便给他一篮子红薯干，这篮子红薯干，让爷爷一家撑了半月之久。由于在别的家庭碰壁，父亲便隔三岔五地去母亲家乞讨，这脸皮近乎无耻了，但是母亲总是一脸春风。后来，父亲深感内疚，便主动去帮工，再后来，外婆相中了父亲的勤劳。

一纸婚约，便有了我们。

这红薯，是月老。

除了红薯干，红薯全身都是宝。村人，先是吃它的茎叶，叶子做成窝窝，弄点辣子油，一顿能吃好几个。叶子下面的茎，放笼上蒸熟，然后凉拌，即味道绝美，又绿色健康。红薯，一层层地吃，叶、茎、红薯块，最后剩下的，便是感恩的念想。

后来，日子好了，也依旧种红薯。

红薯吃不完，便挖窖储藏。

那时的红薯窖，有圆形窖和方形窖两种。方形的，上面支几根木棍，铺上些玉米秸秆，人都知道，那是禁区。可是牲畜不知道，一些羊跑在上面，一用力，就掉了进去，然后便没气了。人开始剖皮、支锅、炖肉。

圆形的更可怕，由于长久封口，里面缺氧，但是一些农人不知道化学原理，每年春来，便打开口，让孩子去拿红薯，一去便成了诀别。

这红薯，窒息了很多往事。

我用“过敏”一词，实则是逃避一些东西：生的温情和死的寒心。

红薯里，有故事。

44. 芝麻：主贵的芝麻

“主贵”一词，是豫东方言。它和生活严丝合缝，绝无刻意之处。

我不知道，这个词，和基督教有无关系。在故乡，我们把基督教叫作“主”。可是，“主贵”一词，早于基督教的传入，它们未来之前，祖辈就这么叫着。

芝麻，产量低。常言说：“物以稀为贵。”这句话，让我想起鲁迅先生描写仙台的白菜。故乡的芝麻，绝非一般人能随意食用的。

我喜欢祖辈时代的芝麻。

那个时候，芝麻主贵。扛一袋芝麻，可以敲开很多地方，譬如：医院的床位，孩子上户口的官员家的门。

我还记得，在我们村，有一个叫三怪的家伙，是个包工头，用一袋芝麻，拿下一项工程。从此，再也没有回来过。据说，从那以后，便发了家。

一个人，进了城，便抹去了乡下的身份。但是在城市里，他还是根深蒂固地不适应，城里人讨论的是歌舞厅、电影院。三怪也去过几次电影院，感觉到压抑。远没了乡下的露天电影好。在乡村，电影一放，一个村庄便沸腾了。他也去过歌舞厅，更不喜欢，里面太闹腾。

一个人，虽说进了城，但是骨子里的一些东西仍在，他渴望交流的，不是城市的灯火、高楼。他喜欢和乡下的亲戚打电话，在电话里，他喜欢与他们聊聊庄稼。聊它们的长势，聊风雨。最后聊风雨背后的故事，聊前年的大风，大前年的冰雹，以及这些背后所隐藏的苦难。

我所说的这些，已是80年代的事情，我说的三怪的困惑，是一类群体的心理。他们进城的困惑，也是多年以后，我的困惑。

那些年，芝麻，是乡村的状元，它总能和细粮麦子放在一起。

那时，门是简易的木门。其实，门只是个摆设，它只挡好人，不挡坏人。这门，太容易开了，防不住贼。别说贼，就是羊，也挡不住。父亲下地干活，羊拱开门，跑了进来，吃了好多麦子，最后又在井上饮了一肚子水，最后撑死了。父亲回来后一看，火冒三丈，但是羊死了，可惜了一只肥羊，可惜了那么多麦子。后来一想，它旁边的芝麻还在，又忽然笑了。

我知道，这芝麻，有大用处。一年的小磨香油，就靠它了。

每次芝麻花开，我都会在电话里，让母亲摘些芝麻叶，过水、晒干。每次回家，第一顿多半是芝麻叶面条，一锅的黑。这让我想起包拯，虽黑，但是他公正，灵魂干净。芝麻叶也是，虽然脸黑，但是你一口，就吃出了乡村干净的味道。

崇尚色香味的今人，便想不到芝麻叶的好，它丑陋，很多人认为丑陋至极，但是我吃得绝美。我在芝麻叶的记忆里，出不来了。

我吃着芝麻叶，想着远古往事。

那年，月明星稀。父亲照旧喜欢去田里转转。忽然，传来嚓嚓的声音，一声一声，割在心上。听方向，是我家的芝麻田。一个人，正在我家的地里，偷割芝麻，这一声声，像扎在父亲心里的针。父亲想都没想，用粪叉向那人掷去，只听见“哎呀”一声，那人仰面而倒下，后来脸上便有了伤疤。人虽不说，村人心知肚明，这伤疤，像武松、宋江的刺配，很显眼。

后来，在一些语言里，我遇见了芝麻。譬如：芝麻开花节节高。

再后来，许多人记住了它——《芝麻开门》，虽是一个节目，让一种植物，在心里开花、结果。

在城市里，我唯一的自信，便是一头乌发，当人问我秘诀时，我便想起了故乡的芝麻。

45. 花生：平民的立场

在乡村，一盏灯、一壶酒、几个菜，乡村就鲜活起来。

菜，一定是油炸花生米、腊八蒜。它虽寒酸，但是和人心最贴近。在红白事的宴席上，花生米便被剔除了，人们嫌它寒酸。招呼人，要的是脸面，花生米属于平民。

在老家，我们不叫它“花生”，花生太文雅、太正式了，我们叫它“落生”。懂得“落生”的人，一辈子一定和河南缠绕至死。他的内心，一定还恋着中原。

小时候，去镇上，总是战战兢兢，怕那谣传的鬼事。事情说起来也很简单，那时候生活单一，娱乐方式也只有夜间的电视和白天的戏台而已。

镇上有戏园子，每周有一场戏。光盘，是村里一个老人的名字。他喜欢戏，便上了瘾，每周都去，回来时，孙子闹着要吃的，刚开始还捎一些，时间久了，便撑不住了，就编了一个故事：半路上，遇到一个半截缸不停地撵自己，他认为是个鬼，就拼命跑，到家时，一篮子花生全跑丢了。

这种骗，是一种高明的骗术。在乡下，一旦和鬼神联系起来，便有着意想不到的可信度。后来在镇上读初中，玉米长高时，乡间一条路，满是荒草，我便害怕起来，想起了鬼缸。

我这样，战战兢兢走了三年。现在，回想当初的往事，便哑然失笑。

花生很低，它不挡人视线，和玉米不同，玉米太高了，让人看不透，花生田，一看就能看见人的美丑。

花生田，纯洁。许多爱情，也只能默默注视。

玉米田隐蔽。许多人，钻进去，便不见了。后来便有了谣言，一个大肚子的女孩，就是在玉米田里失了身。所以，玉米田有一种野，是人看不到的。

花生丰收了，一些人在门前摘花生、拉呱。对门的大娘，是个基督徒，那时的我，不知天高地厚，总喜欢和她辩驳。讨论天主、神和佛的地盘。其实，基督很可怜，进入中国后，一直都是孤立的，它没有像佛教那样，主动和道教妥协，很好地融合在一起。它的教徒，默默传教，像一个孤独的人，或者像走一场孤独的旅行。

讨论的这些太深奥了，不是平民的模样。平民的模样，应该是花生糕。它是我城里工作的亲戚带来的，只一口便喜欢上了它。我对于开封的感情，从一包花生糕开始。吃了花生糕，便想起花生田。

花生田里，除了干净，还有一些和它有关的恶，这不是它能左右的。

一种是偷。

那些年，我村总有一个人，跑到几里开外的花生田里，偷花生。乡村没有法律，人多半睁一只眼闭一只眼，这默许，等于助长。我想，他家的困难解除了，可是那一片被糟蹋的花生田上，一定有另一片哭声和诅咒。

另一种是恶。

我记得是一年中秋节，我回家看见母亲在哭，一问，父亲被警察带走了。问题的源头，是我村发生了投毒案，一家四口，只剩下一人幸存。警察来了，一家家排查。可恨的是，这些警察以排查为名，给自己捞外快。赌博的人，抓走，钱到人就放了，偷东西的人，也带走。

父亲的罪名，似乎与偷有关。

那天，已经晚上九点，一只羊在我家院子前面叫个不停，父亲一看，不是周围邻居的羊，不知道怎样办才好。这么晚了，它的主人还没来。父亲便笑他的粗心。父亲想，时间太晚了，先牵回家吧，明天去大队广播上，吆喝一下。第二天清晨，羊的主人来了，我父亲便把羊归还了。可是这件事情，成了一个伏笔。

警察来了，面对一案件，束手无策，就从赌博开始，让他们一个个供别人的恶，父亲就是这样被羊主人供出来的，他说我父亲偷他家的羊。父亲觉得冤枉，不承认，他们也知道父亲没错，也不敢用刑，就这样一直关着。

地里的花生熟透了，该收拾了，正是用人之际，耽误不得。母亲托人交了钱，父亲出来了。一脸的胡子，似乎一下子老了许多。想起花生，想起八月，心里便疙疙瘩瘩的。

平民花生，与平民有关。与它有关的，不仅有善，还有人性的恶，它身上承载着一些平民命运漂浮的河流。

46. 樱桃：樱桃樊素口

故乡，有一棵樱桃树。

碗口般粗细，三米多高，这棵树，安静地长在四爷家的果园里，很安静，从不和人说话。或许，能够懂树语的人，除了另外的树和来自林间的飞鸟，只有四爷了。

四爷种了一辈子树，这一片林场，原先是大队的，但是被四爷承包了。一间砖头砌的矮房子，一张床，一卷铺盖，外加一盏灯，构成了四爷的全部资产。四爷喜欢和树说话，自从四奶去世后，他愈加孤独。

一个人，和树说话。可以读懂许多树的性情，譬如：梨树语气软，桃树语气妖，杏树语气媚。唯有樱桃树，语气温柔体贴。

有人说，樱花树和樱桃树，属于同源。这两种树，一种为花而生，一种向果而活，最后，都修成了正果。

我见过青龙寺的樱花，白如雪，粉红如朝云，很美。那么，樱桃花呢？也美，一头的白雪，刘禹锡说："樱桃千万枝，照耀如雪天"，我喜欢这一场肥嘟嘟的春雪。白居易也说："樱桃昨夜开如雪，鬓发今年白似霜"，一夜白头，只是这文字里，让樱桃多了些沧桑感，似乎这里的白居易，不是那个生性风流的白居易了。

许多年前，白居易左手搂着小妾樊素，右手搂着妓女小蛮，张口吟出"樱桃樊素口，杨柳小蛮腰"的诗句，这诗句里，包含着一个文人的得意。樊素、小蛮，皆美。以至于后来的冯梦龙在《杜十娘怒沉百宝箱》里写道："唇如樱桃，何减白家樊素。"读到这里，我似乎看见满树的樱桃，一点一点，散在绿叶间。

说到这里，便想起中国古代的审美情趣，一个女人，说长得美，肯定会有满纸的套词，譬如：眉如新月，眼含秋水，樱桃小口，三寸金莲，臂如皓雪。似乎这是所有美女的通词。在这里，中国人只见共体，不见个体了，都长成了一个模样。

四爷，不懂这些。

四爷，只给我说樱桃的好，它一生简单，开白花，结红果，把乡村映衬的很典雅，入春回乡，一片朱砂红，闪入瞳孔。

我想问四爷，这樱桃如何来的雅名，话到嘴边，咽了下去。我知道，一辈子没有走出过土地的四爷，肯定不知，他知道的，只是一棵树的语言。

独坐窗前，一盏灯，光线恰好。

翻开书，看到这樱桃别名甚多，譬如：含桃，莺桃。樱桃，朱实甘美，飞鸟所含，故又名含桃。《尔雅》谓之荆桃，其华在梅后，至果熟则最先，故仲夏之月以雏尝黍羞，以含桃先荐寝庙。

“鸟偷飞处衔将火，人摘争时踏破珠”（唐·白居易），看起来黄莺鸟，和人争食。杨万里也说“樱桃一雨半雕零，更与黄鹂翠羽争”，这樱桃，在诗句里，似乎还没有找到名字的根源。

李时珍云：“其颗如璎珠，故谓之樱。”这下子，才算找到了一棵树的前生。

樱桃好吃，或许有樱桃瘾的人很多，一到成熟季，这些人便不顾价格，哄抢上一斤，回家慢慢品。

有一次，我从老家河南回陕西。一哥们送我一包樱桃，说是在火车上无聊时，消磨时光。一路上，一口一口地吃，把一下午的时间，居然吃掉了。

这樱桃，肉嫩汁多。

古人也喜欢吃樱桃，且吃的有些张扬。据说宰相刘邺的儿子新科及第，便举行了樱桃宴，大待亲友。这排场，不是一般人家所有。

据说，皇帝有时也举行樱桃宴，赏赐新科及第的人，一些樱桃，一脸春风的人，正吃的美。

正是因为这些一脸春风得意的人，把吃樱桃看成一种荣耀，所以后来者才以吃樱桃为荣，造就了樱桃好吃的假象，许多人便将吃樱桃作为一种资本，这是我自以为是的解读。

我也吃樱桃，但是没瘾。

有它也可，无它也可。其实，我不太喜欢吃樱桃，嫌麻烦，一口一个，很没劲，远没有大口吃西瓜那样，来得爽快。

四爷，却不这么想。

他说，这樱桃是天底下最好吃的水果，要不然齐白石怎么会喜欢画呢？我惊愕了，这个没出过远门的人，怎么知道这位人物。

四爷说，他年轻时，作为技术员，去省城开封培训过，老师讲过齐白石的《女儿口色》，一下子，让我对四爷刮目相看。

或许，他是我村第一个去过省城的人，凭这一点，就可以在村里被人尊重，但是四爷低调，从不与人红脸。

也许，关于樱桃，最常用的句子，莫过于蒋捷的“红了樱桃，绿了芭蕉”，这句子，色彩感饱满，一红、一绿。红的娇美，绿的澄碧。似乎，这在美学上，和万绿丛中一点红，有同工异曲之妙处。

后来，四爷去世了，每次清明上坟，我都会在他的坟前，摆上一碗红樱桃，一壶烧酒。然后，背一首白居易关于樱桃的诗词：

存亡感月一潸然，月色今宵似往年。何处曾经同望月？樱桃树下后堂前。

47. 石榴：风流的裙子

在百花之中，我尤喜石榴花。

细长、橙色，像一只长喇叭。你别说，故乡最动听的乐器，就是唢呐，似乎它们的形状有惊人的相似。

或许，形容石榴花更恰当的，便是商周时代那种高脚的青铜酒杯。记得看《封神榜》时，每当看到这酒杯，就会想起院子里燃烧的石榴花。

在中国，写石榴花的诗句太多，如一一列举，未免有掉书袋的嫌疑，还是说一句我最喜欢的诗句吧！“微雨过，小荷翻，榴花开欲燃”，这句子，有乡土味，让人试图亲近。

二月杏，三月桃，四月蔷薇，霸占五月的，便是这满树的石榴花了。这情景，让我想起宫廷剧，一个妃子，被另一个妃子取代。喜新厌旧，似乎自然界也是，非人间所独有。

在人间，人面榴花相映红。

说起石榴花，便想起《博异志》里的记载，花神借崔元徽的胜地，拜见风神，把盏畅饮间，风神不小心打翻了酒盅，弄湿了石榴花神的罗裙，她粉面含怒，拂袖而走，这下惹恼了风神。后来，石榴花神请崔先生帮忙助她躲了一劫，这石榴的性格，却在神话里活了，一直传承着，似乎她的性子更像《红楼梦》里的晴雯：敢爱敢恨。

但是祖母的版本，却离这甚远，她总在昏黄的灯下，给我们讲民间的花神，她说五月的花神，是钟馗，所有民间关于钟馗的画像，都插一朵石榴花，让人生疑：这个丑陋的男人，怎么与石榴有关呢？最后，在古书里，找到了故事的渊源。辟邪、保平安，榴花悬门避黄巢，石榴花有善心。

故乡的石榴树，长在明眼的地方，很多人家，一进门，映入眼帘的，是一棵石榴树。似乎，草木之中，唯有石榴最适合接待人，犹如礼仪小姐，气质高雅，面容姣好。许多美的事物，总让我想起女人的本性来，这是一种美学风格，叫做阴柔之美。

石榴，似美人。

更喜的是，它有美人缘。我所知道的两个漂亮女人，都与石榴有关。一个叫杨贵妃，一个叫武则天，都活在大唐，大唐是一个让人向往的朝代。女人活的真实，更接近本性。

杨贵妃，因别人侧目而生恨，她在大唐的床上，吹了一场时代的愤怒之风，于是唐玄宗下令，所有臣子见贵妃，一律下跪，这就是拜倒在石榴裙下的根源。

这个词，显然太暧昧了。

石榴裙，让所有男人有了屈辱的色彩，或者是一个男人能否过了石榴裙这一关，很难说，要不然也不会让这个词，在词典里活跃太久。

武则天的诗句“开箱验取石榴裙”，丰腴之美，效果如何？试看，武则天让全天下的男人，拜倒在她石榴裙下，比玉环更有力度。

八月十五，石榴刚上市，粒粒饱满，裸着上身，招引着人。父亲从不这时候买，太贵且费钱。等到石榴熟了一片，就不值钱了，于是买一篮子石榴，挂在屋顶下，拿一个石榴出来，剥开，一粒粒，放在盘子里，白玉的盘子，泛红的石榴籽，搭配漂亮。《本草纲目》曾详细介绍说：“榴大如杯，赤色有黑斑点，皮中如蜂窠，有黄膜隔之，子形如人齿，淡红色，亦洁白如雪者。”

其实，一个石榴就压弯了枝条，似一张弯的弓箭。或者说，像一个做瑜伽的少女，将美留在了枝头。

风来，这石榴便开始摇了。《项脊轩志》里的“风移影动，珊珊可爱”，也莫过于如此。我不知道，归有光的庭院里，是否也有一株石榴树？

我想，这样中缺一枝石榴。

张骞从西域回来后，石榴便落根中国，同它一起落根的，还有一个关于石榴的神话。感恩图报的主题，在中国总是有市场的，这所谓的正能量，一直挂在石榴树上。

在民间，石榴果的画，太多了。咧嘴笑的石榴，那饱满的籽，寓意多子多福。

这石榴，临走时，也没吃上一口石榴，多少有些唏嘘。多希望她能留下来，“留”和“榴”读音一致。但是留下的，只有石榴裙的风流。

夜半，风声过墙，石榴花开。

48. 桃：神性的隐喻

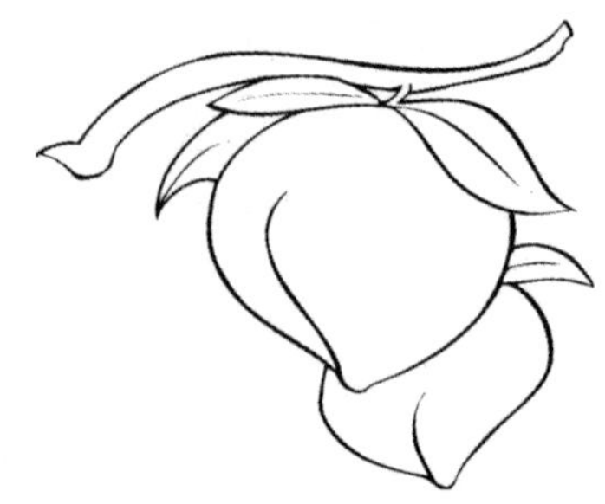

在乡下，我喜欢，一枝带有英雄主义的桃花。

桃花，不偷懒，它比人醒得早。人还在熟睡，桃花就悄悄地开了。

如果投票表决，我愿意推选桃花为领袖，它打破了冬天沉默的格局。

冬风未减，桃花就孤独地走在前往春天的路上。晨起，一睁眼，一树桃花晃晕了村庄。

在故乡，桃花居多。

在豫东平原，总有一棵桃树，长在农家庭院的角落里。桃花辟邪，有桃花压阵，鬼神不惧。这风俗往上追溯，可以在后羿的身上找到源头，这人太悲剧了，媳妇嫦娥升天了，收了个徒弟，又恩将仇报。

他徒弟叫逢蒙，因嫉妒师傅本领强于自己，用桃棓从后面将师傅敲死了，因为后羿是“宗布神”，也就是万鬼的首领，尚且经受不住这桃木棍，别的鬼更别说了，所以桃木辟邪的说法就留在了人间。

古人，在文化里，常用桃木剑去驱赶晦气。譬如：曹操睡不着，就在卧室悬挂一把桃木剑，竟然睡安稳了，后来有了天下。这桃，在文化里待得太久了。

我突然想起一个文化意象，桃符。这贴在门上的人，叫神荼、郁垒，这二人是捉鬼高手，鬼见了都躲避，所以人便让他们保护自己。

桃花，虽在凡间活得甚好，但总有文字不放过它。你看神话里，与桃有关的地方太多了。

王母娘娘的蟠桃园，是神话里的重点。神仙，靠它延寿。

再说那夸父追日，虽渴死在路上，那手中的木杖，化作邓林。此邓林就是桃林，一地的桃树，是夸父留给我们唯一的遗言。

你看，在神话里，总有些人揪着桃花不放。

桃花，与仙境有关。怪不得古人描绘理想中的世界，总有桃花的影子。

陶翁笔下的《桃花源》："忽逢桃花林，夹岸数百步，中无杂树，芳草鲜美，落英缤纷。"桃花，开的美啊，花骨朵团在一起、打开，捧着一片红。

"犬吠水声中，桃花带雨浓"，这是典型的乡村啊！

在我家，也有一棵桃树。

那是一棵野桃树，可能是秋天吃桃，把桃核随便扔在院子里。人没在意，但一场风就改变了春天的温度，一场雨就打破了沉寂的格局。

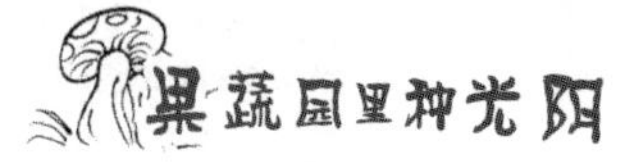

它开始发芽，开始生机盎然地长着。

直到有一天，它开了花，结了果。才引起父母的重视。

春天，在这棵野桃花下，我读着古诗。在《诗经》里，有一篇关于《桃夭》的文章，是对桃树的赞美，也是开了以桃言爱情的先河。木桃是定情物，“投我以木桃，报之以琼瑶”，看着这，我猜想，作家琼瑶的笔名是否来自于这句？

读到崔护的“人面不知何处去，桃花依旧笑春风”。便被这凄凉唯美的爱情感动，在古代，一眼动情的绝笔，莫过于如此。

后来读明代，读到秦淮八艳。秦淮河，腻粉太多。

桃花扇，是一个女人的傲骨。

需要几滴血，开出桃花。不知为何，在明代的历史上，吸引我的故事并不多。总觉得这个朝代太阴森，文人的心理太扭曲。

我敬佩这几个女孩子，是她们，让人觉得晚明的可爱来。女人的风骨，躲在扇子里；桃花，也开在扇子里。

不说神话，说说童年吧。一个孩子，喜欢桃花，更馋那一嘴的毛桃。

故乡，种的多是那秋后仍未成熟的毛桃，把人等得心焦。

开学了，还不熟，我们只好眼巴巴地走了。我记得，那是开学后第二周，母亲来看我，一个布兜子里，是红皮的桃，吃一口，真好吃。

桃，一辈子都活在我的记忆里。因为，桃只是个引子，它背后的故事，是一双干裂的手。

母亲采摘、淘洗。然后步行五里土路，风尘蒙头盖脸。母亲的腿走的酸疼。

关于桃的故事，情节简单，也无神话。只有，一如既往的疼爱。

后来，每次读到关于桃的文字，便会在神话传说和古典爱情外，加上一些温情的场景。

母亲，送桃的样子，是我这辈子，最深的沟壑，永远也迈不过去了。

一朵桃花，会带来春天。但是，一篮桃，不在春天，在秋天，熟在生命里。在故乡的桃花里，我是个归人，不是过客。

春花繁饰，春桃累累。

我多想，闻一闻，春桃的气息。在古代，形容一个女子漂亮，便用“桃腮”“桃靥”来形容，说一个人与女人有缘，便说走了桃花运。只是，并不是所有的春桃都有好命运。

说到这，我想起许地山的小说《春桃》，苦难、宿命、超脱。

春桃，一妻二夫。

在乡村，也有这样的女人。祖母，常对我讲乡村爱情，讲一些女人用来换亲，乡村还有一女二夫的往事。

鲁迅说：“一部《红楼梦》，经学家看见《易》，道学家看见淫，才子看见缠绵，革命家看见排满，流言家看见宫闱秘事。”所以，读《春桃》，不应该看到下半身，应该看到爱与生活。

在电影里，刘晓庆和姜文都很年轻，演得让人感觉舒服。

春桃，似乎离春甚远。

也似乎离春很近。

49. 杏：杏林中人

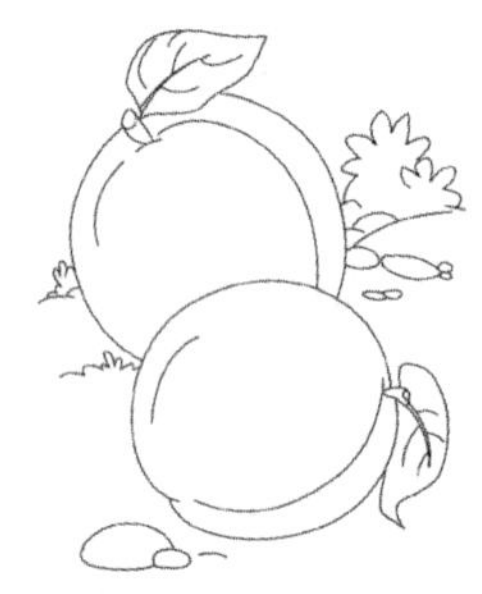

母亲说："老家的杏花开了"。

这电话，恰到好处。而电话这头的我，正困在陕北的沉默里。这里的山，光秃秃的，一脸的土黄色，草木不醒，飞鸟不鸣。此时，需要一枝故园的杏花解除乡愁，恰好在老家，有一些杏花。也许是一枝，也许是满园。

其实，对于乡愁，我们也理解不透。

古人的乡愁，有实指，在某个地方，承载着一个文人一辈子的诗句，而我辈的乡愁，却是泛化的，已无片瓦之地来供养乡愁的草木。

在文字里，怀念的无非是丢失的传统。它们是蓝砖灰瓦，是节气里的庄稼，是一些贩卖春天的诗句。

多想躲在纸上，把玩陆游的格调："小楼一夜听春雨，深巷明朝卖杏花。"春雨尚在，杏花的风俗已看不见了。

第一次读到杏花，是在《山海经》里：灵山之下，其木多杏。

这灵山，一下子让我想起了《西游记》里那个佛境，一行人，一路向西，无非是去灵山取得真经，没想到这灵山，这么早就有了杏花。

在春天，故园的神庙里，那树杏花是否耀了眼？那些红布，应该满树了！

这棵树，本无事。突然某一天，风一样掠过平原，居然成了神树，十里八村的妇女，带着虔诚而来。我守着神树，居然不知道它因何而红袍加身？

小时候，逞能的因素多一点。一群小伙伴，对着神树就是一泡尿，吓得大人赶紧跪下赎罪。

母亲说："快跪下，神会让你头疼！"

不知道是心理因素，还是神发了怒，居然觉得头有点疼了。后来想想，还是自己吓自己罢了。

就这样，这一棵杏花绑架过我的童年。在童年里，我时常面对杏花，读风、品雨。

后来，在朱自清先生那里，读到他的美文《春》，便觉得他的文字一团锦绣。草、花和雨修辞太多，便损伤了文字的安静。

虽然不喜欢那满眼的绿，和一树的热闹，但我仍喜欢他文中引用南宋志南和尚的诗句："沾衣欲湿杏花雨，吹面不寒杨柳风"，多好的诗啊。温润的风，含羞的雨，人也是醉了。

我喜欢，在春天，不出现大片的春语，而有一支怒放的红杏，足够了！有杏花，就有酒旗，《红楼梦》里说"杏帘在望"，说的就是酒家啊。品一杯酒，赏一眼杏花，也是一件雅事。

在故乡，一棵红杏的下面，尚有分歧。

女孩，为了所谓的自由而出走。

父母，却苦苦地等待她的归来。

这老掉牙的套路，却一直嘲笑着故园，也许退一步，家庭就盘活了。

三年以后，红杏仍怒放，心里的仇，再也不见了。女孩抱着母亲，身后是一群可爱的孩子。

那些年，一个人，在杏树上，偷偷地刻上:“晓优，我爱你”。这憋在肚子里的话，只有杏树知晓。

多年以后，回乡看到当初幼稚的笔法，居然笑出声来。

我知道，在南方，此时，有一些诗句正统治着春天，像“梅子金黄杏子肥，麦花雪白菜花稀”！而在北国，我的故乡，麦黄杏已熟，填饱了孩子的嘴。

也许，此时再也没人想起杏花。

但是我想，如果我能在宋朝，一定会闻到杏花的味道。

时下，油菜花海占了上风。我故乡的杏花，似乎无人问津。

一些人，进山去看杏花。

我暗笑，只要我闭上眼，我就知道故乡的杏花开了多少。

也许，我东厢房窗下的杏花，已然团在一起，就等风吹。我突然想起了一句诗“杏花含露团香雪”，多么风雅的杏花啊！

绿了芭蕉，是他人的事。而熟了的杏子，才是我的事。

一篮肥杏，是乡愁的终结。只是，杏不能多吃，民间说:“桃饱人，杏伤人”，不宜多吃，是否应该找个中医调解一下。古人称中医为“杏林中人”，这说的是道医董奉，这人医术高明，和华佗、张仲景称为“建安三神医”。

这人看病不收钱，但有个规矩，病好后必须为他种上杏树，所以他居住的地方一片杏林，此后便有了“杏林中人”的说法。

好久不见故乡，甚是想念杏花。

如今，远走他地，离泥土越来越远。看一枝杏花，需进山。进山后，杏花是开了，却与我再无瓜葛。

在纸上，再也找不到一片安放灵魂的地方。

50. 梨：偷来梨蕊三分白

在故乡，梨树甚少。

我家的墙外，有一棵梨树。模样不俊，歪脖子的那种。每逢春至，“偷来梨蕊三分白”，风吹花开，珊珊可爱。一树的白雪，让我想起“雪香凝树”的句子，或许，接下来便引来了蜂鸟。

说到这，我想起了齐白石的《秋梨细腰蜂》，一个梨，两片叶子，还有两只细腰的蜜蜂，一飞一落，很是形象。只是这梨，有些淡黄色，不是我喜欢的青绿色，让我有点失望。

小时候，我常爬上树，折枝掐花，也不管是否弄疼了它，一个小人儿的私欲，有些可怕。

老家的这棵梨花，美是美，只是少了些欣赏的眼光。在故乡，实用主义霸占着乡村。人对梨花，品味不出妙处，多是视而不见。

这棵梨花，只有飞鸟和蜜蜂稀罕。飞鸟安巢，梨花丛是它的栖息地；蜜蜂采蜜，一片梨花上，抱团的蜂蝶，正嗡嗡地飞着。

我不知道，我家桌上的梨花蜂蜜，是否有这棵树的味道。

梨花，怕雨。

一场雨，梨花就落了一地。其实，不落的那一枝带雨的梨花，更像个美人。我不禁想起一句诗：“一枝梨花春带雨”，这楚楚动人的梨花，是白居易送给杨玉环的。唐代的梨花，是这样的。

那么宋代呢？“一树梨花压海棠”，这是苏轼和张先开的玩笑，似乎有点过了头，开得尺度有点大了。其实，在宋词里，找不到这样的话，这句话出现在清代诗人刘廷玑的《在园杂记》：见一叶姓人家，茅舍土阶，花木参差，颇幽僻。小园梨花最盛，纷纷如雪，其下海棠一株，红艳绝伦，便写下：

二八佳人七九郎，萧萧白发伴红妆。

扶鸠笑入鸳帏里，一树梨花压海棠。

春天里，李重元在《忆王孙》中写道：“杜宇声声不忍闻，欲黄昏，雨打梨花深闭门。”布谷鸟，飞过柴门，这满树的梨花，深居乡下。只是雨下的有些久了，人被关在门里。

其实，春天的梨花，也会一夜白头。

只是，我对此兴趣甚少。

秋到，梨枝被压弯了，我和表弟，整天在树下打起了梨的主意。

父亲不发话，绝不敢摘梨。这规矩，还是懂的。童年，面对梨花，也许最多的是下咽的口水。

梨熟，经父亲允许，我爬上树，汁顺着胸口淌下来，却一嘴的甜。

至今为止，我也不知道，墙外的梨树叫什么名字？只知道它甜，比吃了冰糖还爽，又甚是解渴。

离开平原后，走南闯北，见的梨多了，也认识一些种类来。秋白梨、京白梨、雪花梨、鸭广梨、锦丰梨。这梨，吃得多了，便觉得寡味。

在锦州，我见识过一种梨，很独特，是梨中的贵族。

只一口，就喜欢上了。

当地人叫它南果梨。

这种梨，小小的。皮黄，味浓。吃一口，满嘴酒味。

也许，在中国，梨里带有酒味的不多，所以南果梨，独占鳌头。像中了绣球的驸马，春风得意。

《中国果树志》里，南果梨排名第一，被人称为“梨中皇后”，这梨，是我吃过最难忘的。如果排除情感成分，我觉得它的味道，在故乡的白梨之上。

这南果梨，是友情之梨。

第一次吃它，是我室友捎来的。看到它的个头，太小，便打心眼里瞧不起它，也就没有了胃口。心想，那么小，刨除核，能有多少水分，于是把它一放再放。后来，无奈吃了，这一口，让我记住了一辈子。

喜欢了，便关注的多了。西门外，大街小巷。卖南果梨的很多，每次都提一兜，过了一下嘴瘾。

在锦州，有人馋它的烧烤，有人馋它的虾爬子，我独馋那亮色的南果梨。

毕业了，我远走西北。在他地，一见梨树，我格外地亲。看见一棵梨花，便想起一些旧事。土墙，歪脖子梨树，是故乡的味道。南山，女儿河，一兜梨。至今仍在记忆里活着。

后来，那棵歪脖子梨树，老了。中间枯干，只有一枝，尚有叶子，其他部分都死去了。父亲用一把斧头，放倒了它。而后是梨花烧饭的炊烟，有种梨花的香气，一直飘在我的文字里。

我对于梨花的认识，仅此而已。

一个人，心不大，常想念两个地方。

一个是开封，一个是锦州。

51. 柿子：一个文人的臆想

一

柿子，是乡间的灯笼。它的颜色，是一种二元色，说红不太红，说黄又不太黄，或者说两色彩的杂交。这灯光，适合一个人怀旧。

这颜色，犹如25瓦的灯泡发出的光泽，那时的乡下，对此色极为熟悉，只是如今，它模糊不清的光，被人看不起来，许多人开始嫌弃它的寒酸来。这就像乡下的爹娘，再也入不了城里儿女的法眼。

柿子树，是寒门。乡下的每一座庭院，都有一两棵柿子树长势喜人。它也渴望中举，被一双枯瘦的手，将它们擦拭干净，期待被城里的人，赏识其美味。

写诗的人，有一个叫郑虔的，和柿子树一样，也是寒门。买不起纸，便去慈恩寺取落下的柿子叶，充当纸张，居然练出一手好字，只是没人取名叫作“柿叶体”，甚是可惜。也许在那时，郑虔和柿叶的心贴在一起，抱团取暖。

在柿叶上写字的，不是他一个，苏轼也写过“苇管书柿叶”，估计也写了不少，日子过得太穷，买不起宣纸了。

诗人写诗，书者写文，都是本事。大字不识的母亲，也是大家，她的本事在一瓮缸内。

柿子落，便让人想起“雨中山果落”的意境，只是母亲不喜欢酸溜溜的文字，喜欢这文字的只有读书的我。母亲写的是大诗，在生活里，她将熟透的柿子，洗净、去蒂，放在瓮内。

麦黄时，柿子便长了绿毛。在乡村，绿毛是乡村喜悦的第一步。豆酱需要，柿子醋也需要。发酵，在乡下是望眼欲穿的过程，许多人巴巴地看。好像陕北留守的婆姨，等待走西口的男人。

终于熬到了成浆糊状，将麦子割倒去穗，整齐排列，放在瓮内，柿子黏在上面，把瓮下面的小孔打开，用乡间的高粱秆，插入其中，往瓮内加水，便有细水流下。在夜晚，你听，那吧嗒吧嗒的声音，是乡间最诗意的句子，母亲最大的锦绣文章，便是这一年的柿子醋，清爽可口，似冷饮。

那年深冬，我爬山，在山腰上，有柿子树与山背向而长，只是一树耀眼的光芒，在那里闪着。我想起母亲来，她在寒冬里，用塑料薄膜包住柿子，等雪后的我回来，吃一口稀罕物。在半山，我似乎不顾危险了，迫不及待地上树、摘果。这柿子，比乡下家养的，要小上很多，吃一口，甜入肺腑，这一口，就让我记住了一辈子。

柿子，是稀软的好吃，这移植的文字，用在人身上，多少就变了味道，拣软柿子捏，似乎说透了人的本性。

说到柿子，不能不提一个人——白石老人，一篮子柿子，一堆白菜，便让乡间活在诗意里。一个画家，所呈现的意趣，我觉得比一个诗人所表现出来的意趣，要形象得多。晚年的白石，以一张《九柿图》，点透了一个老人经历百年之后，所呈现出来的坦然自若与中和的心态。

故乡的柿子，还没出秋，人便吃完了，除非做柿子醋，人们才忍着馋，咽几口涎水。在陕北，属山区，树多，柿子便吃不完，于是做成柿饼，富平的柿饼，以肉多宽大著称。一身的白毛，像下了一层寒霜。

说其柿饼，便想起了汉代一种金币，叫柿子金，形与柿饼相似，故得名。

以前，本以为故乡没有柿饼，在冯杰的文字里，遇见了它，但是他却叫它“耿饼”，似乎各地称呼不一。

听说，朱元璋也馋过它。

古人喜欢一边吃柿子，一边看书，譬如“闭户羽衣聊自适，堆窗柿叶对人书”“薰炉茶鼎偶然同，晴日鸦啼柿叶风”，看书，是古人的通病，哪像现代人，吃饱了，就往麻将场跑，很是无趣。

二

一个人，进山。

入冬，山无娇容。有阳光时，一山明亮，无阳光时，天便暗了，群山苍茫，天地间灰蒙蒙的一片。

我喜欢明亮的日子，站在山顶，看远处的芦草，鹤发童颜，迎着风，一吹，一地影动。和它目光相接的，是几株柿子树，叶落，枝干灰暗，唯有几个红柿子，在枝头一脸从容，很有风度，像一个隐士。

不远处，是一村落，村子不大，民居稀稀拉拉。黄昏时，炊烟升起，像一个感叹号，直上云天。如果遇见斜月，很是有趣，月像个逗号，写在辽远的天空里，那么这一冬的锦绣文章，是谁写出的呢？

朔风，是个写文高手，它知道如何拿捏风力，轻一阵，重一阵，让一个冬日的炊烟，倒也错落有致。

我惦念的，仍是那几株柿子树。

一山、一树，众多灯笼。

这灯笼，在山顶，并不孤独，一只只飞鸟，落于枝上，吃饱了，便晒起阳光来，人靠近它，才一拍翅膀，飞了。

其实，野柿子是高原一道风景。家柿子也多，一个人，躺在炕上，一抬头，看见院子里的那棵树上，还残留几个火红的柿子，像一块烧红的木炭，一看，就心里暖暖的。

松尾芭蕉说："狐狸变作公子身。"我的故乡，一马平川，狐狸定然藏不住身，倒是这黄鼠狼，摇身一变，成了贵公子，整天好吃懒做，专门偷鸡吃，只有这枝头的柿子，能看到它的胆怯来，人一出来，它就不见了。

柿子，也会念叨：命也如是，一物一命，物物必不相离，在寒冬的夜里，有些许凉意覆盖着柿子。

须晴日，日光正暖，把柿子摊开，晒暖了，才能吃。这柿子，属于凉物，古人讲究阴阳平衡，冬本就凉，再遇见一肚子凉柿子，人定然受不了。

吃柿子，要暖。

在老家时，暖柿子是母亲的活，我们只负责吃，哧溜一下子，一个柿子，就进肚了，只剩下一片皮。柿子的根蒂，也是一味中药，能治疗打嗝。

柿子，是冬日唯一的暖色。

我于冬日内，想起“日常”一词，或许最本真的文字，便是有烟火味。我和家人，躲在房子里，品柿饼，这柿饼，倒也有趣，薄薄的霜，像一层白砂糖，沾在上面。

有时候，也会在画里，遇见火红的柿子：一个柿子，一棵白菜，叫一世清白；一堆柿子，一棵白菜，叫事事清白。看起来，在白石老人的眼里，简单至极的，便是体味过的人生。

柿子，火红；白菜，盎然。

这冬日，有多灰暗。人也说不清楚了，母亲全身酸痛。一个人，在冬日与药片为伍，终日不出门，怕一阵风，拍打疼了。

不出门，能看见的世界，就是一方院子和几个柿子。一个人，被日子堵在家里，除非粮食吃没了，才会上街换一些，平时最喜欢的字眼，应该是“隐忍”一词。

隐而不扬，忍而不发。

一个人，像柿子一样，学会安坐枝头，便读懂了沉默。如果连沉默都不怕了，还会惧怕什么呢？

许多人，一辈子受不了沉默。

你看，这火红的柿子，沉默太久了。它和风说话吗？我不知道，我每次看它时，都是一派安稳。乡村的天空是低的，而在陕北，天太蓝了，似乎要滴下来一些蓝汁。

或许，一村灰暗，唯有柿子是亮的，白云是干净的。一场雪落下，世界安静了，人间全白了。

我想，日子漏掉的，一定是柿子的红。

一堵高墙，遮住了视线。在墙头上，有一个个红柿子和辽阔的天空融合在一起，让人猜测。这院子里，一定有懂生活的人，柿子是诗意的名片，一株柿子树，不仅是美学上的，而且具有生活的立场。

寒冬的柿子，具有暮年人的心境，我想它和人一样，多半看透了世事。读杨绛的《我们仨》，读到“人间也没有永远。我们一生坎坷，暮年才有了一个可以安顿的居处，但老病相催，我们在人生道路上已走到尽头了。”

这是一个百岁老人，对于人生的参悟。读到这里，突然心生悲凉，我想起故乡的母亲来，独自守着一个院子，那一片红，被母亲放进缸内捂着，等待寒风中进门的人。

寒冬，一柿、一人，便是一天堂。

52. 桑葚：在场的陈述

与这个词，颇有缘分。

在乡村，桑葚甚多。几乎每年的六月，桑葚就会红成一片。

那时，尚不知桑葚之名，只知道它好吃，酸甜可口，且不要花钱，满树都是，只需摘取即可。

记得小学时，在语文课堂里，学到鲁迅先生的《从百草园到三味书屋》，遇到“桑葚”一词，不甚理解，回家问祖父，何为桑葚？祖父笑了，一指院外那一片红，我也笑了。

这树，原来叫桑葚树，我们一直馋它的果实，而不去关心其名字，内心感觉有些羞愧。后来在《诗经》里，见到偷嘴的斑鸠，落在桑葚树上。“偷嘴”一词，听起来不太文雅，但偷嘴的事物太多。在桑葚的面前，人尚且攀枝摘果，何况这些没经过教化的鸟呢？

在锦州，见过桑葚，一树星星点点般的红，甚是可爱，也摘果实。在那时，我爱好校园里的桑葚和山楂。

后来，远走陕北，定居洛川一隅，幸喜的是，在学校的院子里，有一棵桑葚树，长在校园一角。

这里少有人至，左边是废弃的楼，右边是坍塌的厕所，只有飞鸟偶尔到访，实则是惦记那一口美味。

有一次，与一同事说起这棵桑葚，他竟然不知，可见人皆匆匆，而无兴致去叩问一棵树。它有些冷清，往远一点说，是有些孤独。

写到这里，如果有人把它和陆游断桥边的梅花相比，我甚至觉得这是一个老套的比喻，已不新鲜。

一棵树，不招摇过市，也是好的。但是，一棵树长在这里，无人问津，也是一种不幸。

我有些担忧它的命运了，它的邻居，前面是一棵毛桃，味道鲜美，我们在此果腹过，后来由于无甚大用，被砍掉了，它的后面，是四株器宇轩昂的水杉树，由于物种稀少，一直是人心头的宝贝。

再说，学校要翻修这废弃的楼房，这棵桑葚树，多半是保不住了。

一棵树的命运，似乎不在自己的手里，这让我想起故乡一些往事。

那年，桑葚红了。

一个姑娘，挎个篮子，在我家门外，摘取桑葚。喜欢恶作剧的我，一吹口哨，一条狗，冲门而出，吓得她扔了篮子，桑葚丢了一地。那时的我自鸣得意，把一个姑娘的胆怯和一树桑葚绑在一起。

三天后，村西传来噩耗，这姑娘的奶奶走了。原来那天摘取的桑葚，是一个老人生前的所好，而我却让她遗憾离开。后来，我每次见她时，都红着脸，那种羞愧的神色，多像一篮熟透的桑葚。再后来，她去了郑州，我去了陕北，再无交集。

从此，我对桑葚很敏感。

我觉得桑葚，是我一辈子迈不过去的门，每次和它邂逅，我都会想起那姑娘和那条狗。

姑娘走了，那条狗也没逃脱厄运，它的骨头，就埋在桑葚树下，只是它的皮做成了爷爷的皮袄。

我与桑葚，虽渐行渐远。但是，命里总有一棵桑葚树，仍在梦里活着：一树紫红。

53. 枸桃：追溯童年

它能出现在我的文字里，也是机缘。

说来惭愧，我忘记那些树很久，甚至在乡下，很少有人知道它的名字。

昨天，翻看微信圈，看到一朋友分享一种果实，仔细一看，这果实是故友。它顿时激活了我的世界。从朋友的文字里，我才知道，它叫枸桃子。

这树，我村没有。可是在我外公的村子里，有两棵。一棵在村东，细小柔弱；另一棵在村北的河旁，高大旺盛。可见，这树乃自然所生，一些枸桃种子顺风落下，便有了枸桃树。

村东这棵树，长在外公家的麦田里，外公干活，我就在树下偷看它。

也许，一个人对于一棵树的认知，不是天生所熟悉的，而是后天逐渐形成的，我眼中的枸桃，便是从青色的圆球开始，直到它炸开了，成了红色的果实，才完成了一次惊艳的转变。闲下来的时候，村里一些人，便会在树下休息、摆龙门阵，但他们很少讨论这树，我记得有一次说起这树，那是一个孕妇，说她夜里梦见了构桃，让大伙给她解梦，外婆说这是生儿子的预兆。

在乡下，生儿子向来是大词。

即使到现在，宗族观念仍未从生活里完全消失，虽然淡化了一些，但人们对于传宗接代的偏见，仍很明显。

那时，总有一个二狗的名字，从村里人的嘴里蹦出来。

在他们的心里，二狗是可笑的，人们总是戏谑他说："二狗，构桃好吃吗？"

这些人，背着二狗议论，这家伙把构桃当饭吃，也不嫌丢人。当时我不懂，吃这果实有什么丢人的，后来才知道，这东西是一味中药。二狗有前列腺的消息，多半从村里郎中那里传出来的，那里是消息集结地，许多私人的秘密，都从那里破解。

村北的那棵树，是孩子集会的地方。

河流清澈，水草丰茂。

那些年，黄河一到夏季，就会开闸放水，中原的河流，多半与黄河有关，一夜间，河流就满了，并且河里有鱼，许多人眼红了，一张网，要了许多鱼的命。

许多人，被热逼到河流里。他们把衣服扔在构桃树下，顺着河流游动。有时候，也会追逐鲤鱼。

我是客人，不敢下水，怕外公骂我，只能在树下看他们游泳，看树上红彤彤的构桃果。

河流，也非总是清澈透明，有时候，河流是黑色的，那时在人的意识里，还无城市排放污水的观念，不知道城市总是将它生产的恩赐，反哺这乡下。水虽黑，且微臭，但天太热，一些人仍跳下水避暑。

在乡下，也有我们担心的事情。

黑水里，总有一种寄生虫，我们叫马鳖，据说这虫吸人血。

夜晚，外公说在他们村，一个健硕的青年，在河里洗澡，身体内钻进一只马鳖，最后血尽而亡。

我不知道，这话语里是恐吓的成分多，还是真实的成分多。

我的玩伴，总是躲着大人，偷偷摸摸地下水，把大人的警告，放在耳边。

我见识过一次马鳖，趴在二蛋的背上，同行的小伙伴用鞋底拼命扇打，据说唯有如此，才能把它从肉里赶出来，后来终于打掉了，我们一心的恐惧也消散了，从此之后，他们再也没下过水。

那么，不下水的我们就开始上树，在树上捉迷藏，总之，顽皮到了极点。

看见果实红了，便往嘴里塞。

那味道，很棒。

如今，我再也没有吃过枸桃，它离开我，已经有三十年之久，我不知道，是不是还有机缘再吃一次。

一个人，念叨着枸桃。

不知在远方，是否有枸桃树，也像我念叨它一样，念叨着当初那个欣赏它的孩子。

54. 无花果：忏悔者

这种树，在乡下颇多。

乡下人，过日子，总是细微到了极致，一点也不让它浪费。

果树、蔬菜，会在院子里，占据半壁江山。果树，多以结果多少，决定存活长短。

无花果、石榴、柿子树，是乡下最常见的三种树。石榴树，留给中秋节，饱满的石榴，会在这一天，打开中秋之门，而柿子树，则要更晚一点。

只有无花果，省略花期，过早地成熟，让缺衣少穿的乡下人，过早地享受着一种味觉盛宴。

我家有两棵无花果，距离甚远。一棵在窗下，结果很多，另一棵在厕所边，不见结果，至今也搞不清楚什么原因，莫非是一雌一雄吗？

这两棵树，很是孤独。

想起无花果，我便想起了骡子。它和家畜中的骡子相似，都是奇怪之物。骡子，本身不繁殖，靠驴和马延续。这无花果，也是果中怪物，不开花，却硕果累累。

我不通树语，不知道无花果是否受树同仁的嘲笑，如果树和人一个德行，这无花果多半会受凌辱。我想，这可能是我的多虑，树肯定比人干净，比人厚道。

无花果，结果早，基本在六月，有些就熟透了。我喜欢吃无花果，甜甜的，许多细小的籽，在嘴里含着。

小时候，我就馋无花果。

记得很多次，我趁父母不在家，一个人偷吃它。下面枝条上的果，早就被我吃完了。我的眼睛，一次次被抬高，就站在凳子上，摘最高处的果实，一不小心，摔了下来。

腿摔骨折了，父母本想狠狠揍我一顿，让我长点记性，可一看我的腿，被石膏固定的样子，顿时只有心疼的份了。

后来，这棵树不见了。

父亲砍它的时候，我没在家。父亲一肚子气，没地方撒，抡起斧头，一阵风似的砍倒了它。母亲也赞同砍了它，本来养这棵树，是母亲的私心。

也许，这私心里，有母亲对外公的孝顺。外公有痔疮，听说这无花果治痔疮，母亲才从别人家移栽过来，外公没吃上无花果，我竟然受伤了。

也许，我对于无花果，也有一种恐惧，这恐惧是一个人内心的羞愧。

对一棵树的羞愧，因我而起，让它被斧头扼杀。对母亲的羞愧，也是因我而起，我让她一片孝心付诸东流。

以后，每当我看见另一棵不结果的无花果，我便想起被砍倒那棵树来。

这无花果，成了一块心病。

去年，外公去世。

我每次去上坟，总觉得有一双眼睛盯着我，我知道这不是外公，是我内心深处的魔。

后来，母亲替我在外公的坟前，移栽了一棵无花果，我才稍感安心。在故乡，有一个另类的坟茔，别的坟茔边栽松柏，而它的旁边，是一棵枝繁叶茂的无花果。

每次返回故乡，总去看一看无花果又长高了多少。它一点点抽芽，一点点结果，又一点点凋零。

一棵无花果树，替我守坟。

每至大年初三，一家去上坟。也许，每年一次的上坟、烧纸，便是一种习惯，一种对逝者默哀的习惯。

无花果，站在坟前，和青草聊天。

有时候，它站在坟前，替我和外公对话。

55. 苹果：苦难的灵魂

一月，修树。

一月，苹果树干巴巴的。枯枝，被风一吹，便落下一些。此时，风如刀片，在脸上一刀一刀割下去。一些早行人，踏着白霜，在园子里剪枝，给苹果修身，使它不臃肿，蓄存能量。

剪刀，冰冷，锯子，也闪着寒气。手触碰剪刀，一阵凉，从手上传递过去，直达心灵。

“这活太难干了，下辈子，一定托生到城市里。”王二嘟囔一声，就忍着冷，开始一天的工作。

剪枝、刮腐烂。一棵树，腐烂了，一些液体在树干上流着，像一个人哭泣时，流下的眼泪。这农活，把一个个人，绑在寒风里，也许在一月，树和人靠的最近，屋子倒成了旅店。

二月，抽芽。

一树一树的绿，将陕北的黄土叫醒了，一些鸟，也跃上枝头。似乎春天就要开始了，但是一场风，雪就落了，一树的雪，将嫩芽冻得瑟瑟发抖，这花缓了好久，才缓过劲来。

三月，树开花了。

先是嫩红的蓓蕾，一点一点，装饰春色。东风一吹，这嫩红色的蓓蕾就舒展开来，来了个四川变脸，一树白花，胜过梨花，这花太繁了。

一夜春风过，白头遍山冈。

村人的额头，渐露笑容。或许，用一个词修饰：笑容可掬。三月的陕北，花美、人俏，似乎美在此地落根了。

可是，一场风，温度就降了。先是春雨，春雨贵如油，似乎命运青睐这里，可是下着下着，就变味了，冰雹居然落了下来，大小不一，把花打得七零八落，这一季，多半要减产了。人的笑，僵硬下来。

一些人，在炕上哀叹。

一些人，聚一起骂着。

之后，便是收花，一些人弯腰低头，一些人踮着脚尖，像个思想的仰望者，他们思考的，一定是命运这本大书。花太高，架梯子，十天半月，人都离不开果园，这些日子，就这么过着。

四月，果实坐上枝头。

这一月，尤为关键。如果不遇到冰雹，皆大欢喜。村里的庙，多半香火鼎盛。如果一场冰雹下来，犹如打在陕北人的心上，一腔冰凉。

天晴后，便开始收果了。一些枝，果太多，需剪掉一些弱小的果，这时候，果结在哪里，人就要追到哪里。一些人，在梯子上，腿颤巍巍地抖着，一个不小心，就摔了下来。

哭声，从果园散出去。一个村子，都在讨论这个人，被果园所伤。

每年春季，医院里外科床位最抢手，骨折的、不能动的，多半源自于苹果树的恩赐。在人的心头，怨的是它，爱的也是它。

五月，果实累累。

每逢一场雨，果实就大一圈。缺水的陕北，水就是上天的恩赐，许多树，从根部吸饱雨水，将营养送到枝头。许多看不见的东西，在日常的柴米油盐里，一天天变化着。

某一天，进果园。会欣喜地发现，这果子，居然这么大了。人便进城买袋，套袋，是个繁琐的活。

许多人，将自己裸露在日光下，娇美的皮肤，不几天，就成了古铜色，这还不说，有些人晒得秃撸了皮。

果园，给予人的，是许多看不见的苦难，看不见的穿梭。

六月，施肥。

这时候，人最难熬。青黄不接，果子还小，去年的钱，已经花完了。许多人，为了施肥，犯了愁。

亲戚朋友，一家一家询问过去，有欣喜，更多的是失望。家家都施肥，有闲钱的人不多。

六月，人的脸，不值钱了。一些人，将脸扔出去，“啪”的一声，掉在地上。这男人，一咬牙，进了城，货比三家，赊账、搬运、回家。

人们，在地里挖坑、填肥、封土，这果树，看似旧模样，其实许多人的血汗，已抵达树的每个角落。

果子在袋里，像温室的婴儿，风雨不愁，人终于闲下来一会。舒展一下带有伤痕的腰，憧憬着果子带来的希望。

七月，杂事。

重要的活干完了，只剩一些零碎的活。一些人，开始除草，把园子平整的干净一些，似乎唯有如此，心才安稳。前腿蹬，后腿弓，这草，和腰酸一样，一直长满人心。

果树，就怕生病。15天一次药，杀菌剂、治病虫的。我记得，在山东德州，许多果园，毁于一种小白蛾，这小白蛾一飞过去，树光秃秃的，犹如多年前，河南的蝗虫灾害。

这果树，粗心不得。

一些人，往地里跑得勤了。根据不同情况，会打不同农药，让树健康成长，不至于让它负荷过度，不过果子套在袋里，药物影响不大。

八月，卸袋。

这时候，早熟苹果熟了。许多人，活在园子里，那些俊俏的小媳妇，也扔下好衣服，一身朴素地下地了。

先是卸掉外袋，剩下红色的内袋挂在树上，这情景像一个人穿着内衣，在树上走秀。

后来，内膜也该卸了。

这时候，不变的日子开始了。爬树，架梯子，把袋卸了。年纪大的人，上不了树，便在树下，铺反光膜。

这苹果，终于见日光了。

不几天，这青翠的颜色不见了，犹如一个害羞的小媳妇，红了脸。在陕北，比山丹丹花开红艳艳更美的，是那一树红彤彤的苹果。

陕北人，耐着性子。不急于卸苹果，洛川苹果之所以甲天下，是因为昼夜温差，还有一个原因，那就是果实的生长期优于别处。

九月，为之愁。

市场上，便有一些人，开始在微信圈打广告了。果商太奸，将市场价格死死地压下，可怜了这劳累一年的农人，我时常觉得，最应该挣钱的是这些百姓，然而实际上，他们是挣钱最少的一群人。市场上，苹果很贵，这市场的供求矛盾，似乎和他们关系不大，他们挣的，永远是那么可怜的一点。

许多人，听着价格风向。

一些人，在地头，说着果子，似乎有些不开心，今年，又是一个小年啊。价格低不说，果商也少了。

他们，一天天等待，这等待，犹如刀割，犹如针刺。

十月，收苹果。

十月的陕北，风重了。一场风，万木叶落，人也冷，许多人裹了一层又一层，被晨风一吹，瑟瑟发抖。

一些人，天灰蒙蒙就来到地里。露水，冰冷。手套湿了，手上犹如粘了一层冰，那个冷，不可言说。

如果碰到秋雨霏霏，许多人，淋着雨，仍在雨中收果，陕北的天，真冷。雨落下来，犹如身上裹了一层冰，许多人，咬咬牙，继续收果。

回家，脱下衣服，一拧衣服，一斤雨水下来。这一斤雨水，可能将一些人的身体打垮。

第二天，人就感冒了。

浑身不舒服，也得忍着。这果实，要尽快收了，碰到雨雪天气，就完了！一群人，和时间赛跑。

大人，在地里。没时间回家做饭，一天一顿饭，是常事。小孩，也不能闲着，开着车送苹果。

一个孩子，开着车，车上坐着弟弟妹妹，这孩子一拐弯，没扶好把，一头跌进山崖，一家人，死在苹果里。

或许，这苹果，是羞愧的。

或许，这社会，也是羞愧的。

如果碰到霜冻，许多人必须等到霜化了，才能收果，他们度一刻如一年。很想争分夺秒，但是碰到这鬼天气，也无能为力。

人却不敢早点收果，霜降时，温度降低，这苹果为了御寒，必须把体内的能量聚集成糖分，苹果才能口感更好，农人明白这些道理，可是这一等待，风就压了下来，一伸脖子，太冷了。许多人，忍着冷，在果园里劳作。

苹果、分级、入库。

一家人，对于价格都患上过敏症。

十一月，扫叶。

十一月，天冷了，叶落尽了。

一个人，拿个筢子，把树叶归拢一起，把反光膜撤了，然后一把火，烧了落叶。陕北的果园，袅袅炊烟，飘起来。一些人，等待雪落。

草木灰，归还大地。也给树一定的养分，这果树，该休养生息了。

人呢，也是如此。

有些人，开始闲了，便去了城里，这些人亏了一年了，置买几件好衣服，也算不亏待自己。在冬天，乡下的人，也会鲜活无比。

十二月，雪落。

雪落无声，是对陕北最大的恩赐。一场雪下来，便有许多水分，滋养果树。北方的雪，似乎比其他地方，要大一些，它落在树上。

一枝，又一枝。

一些人，被雪欺负。摘果留下来的伤，一见寒风、大雪，更重了。许多人，被雪赶进了医院，一年的收入，多半送给了医院，这人除了一身旧伤，似乎什么都没有留下，孩子的婚事，也无望了。

大雪，仍在下。

只是，许多看不见的人，托起苹果的亮色，覆盖了暗灰色。

市场上，很鲜艳：苹果，红彤彤。

屋外，大雪很白，已封了门。

56. 山楂：大义的红果

与山楂树相遇，始于山海关外。

故乡，不种山楂，或许是中原不适合种，这树，喜欢傍山，喜欢被群山环抱于内，要不然，这山楂也不会还有一个俗名，叫山里红呢！

但是，到故乡这里，发音就变了味道，变成“酸里红”了。似乎，故乡人被这个酸字，绑住了。

故乡，虽不种山楂，但每年也会从外面运来一些，许多人，挑着担子，和菱角一起卖，我记得那时候，菱角一毛钱两个，山楂不单卖，主要是卖冰糖葫芦。这透明的金黄下，是一群晃动的脑袋，只看不买，口水咽了再咽。

不是不想吃，是穷啊！

这山楂，不但好吃，据说还治病，奶奶坐在床上，盘着腿，和我讲着那些年的旧事。

“山楂，大义啊！”

我听糊涂了，奶奶怎么突然冒出这么一句。她，喝一口水，便将往事摊开在我的面前。那一年，村里太穷，许多人吃观音土，吃槐树叶，这东西吃后不消化，肚子胀得难受，许多人眼看就不行了。其中，包括二奶奶，她虚弱地下不了床，滴水不进了。

女儿，买好了寿衣；儿子，买好了棺木，似乎就等这一口气断了。二奶奶说，死前想吃山楂，我叔叔买了一些回来，二奶奶吃后，竟神奇地好了。后来我才知道，这山楂有助于消化，是一味良药。

二奶奶，此后无病无灾，一直活到八十六岁。故乡，离我越来越远，但是越来越清晰了。

后来，我去外地读书，校园里，有几棵山楂树，树不高，叶小，呈五尖，果红彤彤的，果面看起来红中有细纹，犹如舞台上的脸谱。

这红色，是大红，比柿子的红更喜庆些。入秋，天地间，只剩下一片大红和一片柿子的橙色，在山里晃着。

这山楂树下，是情人约会之地。

大学，是一个被梦裹着的地方，什么都可以不想，专心一件事：恋爱。突然，要毕业了，他们才意识到要工作，要养家，这梦一下子碎了。

许多人，留下的只剩回忆。

看过《山楂树之恋》，算是一个对唯美主义的诠释吧，山楂树下，适合做梦而已，一人，一梦。

有时，自己也想心静。

我内心深处，最美的画，不是山，不是水，只是一座寺庙，有一株山楂树，秋叶落尽，蓝砖黛瓦，一片红果。树上，再落一只飞鸟，前来觅食，这一静一动，真是绝妙。

想到这，我突然想起一些古诗。

“山禽引子哺红果，溪友得钱留白鱼。”母鸟领着幼鸟，来这里吃果。或许，人间最高贵的灵魂，就在这一瞬间。杜甫写的这诗句，真是把山中仁慈写尽了，双鸟同出，人不残忍。

或许，在古代，这红果的叫法，比山楂叫的更多。譬如陆游的“山童负担卖红果”，王谌的“栗鼠咀红果”，这里的红果，说的就是山楂。

山楂，除了当水果生吃外，还有别的吃法，山楂咕噜肉、山楂糕拌豆芽，都很好吃。其实，山楂切片，炖汤喝的人较多。

记得我在东北同学家做客。进门上炕，同学给我舀一杯山楂醋，入口，如喝冷饮，爽口开胃。

这果醋，食材较多，有红薯醋、有柿子醋、有苹果醋，但是哪一个都没有山楂醋酸甜到位。

在水果里，如果说酸，恐怕只有葡萄、橘子能和它相媲美，只是葡萄发紫后，糖分较多，这酸味，比不上山楂了，橘子也只有青桔，能和它扳扳手腕。

我对于山楂，很钟爱。

前几天，在街上乱逛，看见有卖山楂的，便走不动了，称了几斤回家。全家人开始很热心，一人一口，只一口，他们便投降了。

儿子，也吃一个，咬一口，吐着舌头，惹得我们哈哈大笑，这温馨的画面，会在我心里定格一辈子。

家人酸的都吃不下，这山楂在那里放了将近一星期了，扔掉太可惜，妻子说，做冰糖葫芦吧。我求之不得，只是我太懒，怕费那个劲，妻子把糖放锅里熬，然后把山楂浸入，拿出来，一层糖衣。

只是，这糖熬成的水，老家叫它糖稀，在以前，专门有走街串巷的熟悉人，用糖稀吹糖人，很生动。

有动物，譬如十二生肖；有人物，譬如孙悟空等，这些吸引着我们，童年的回忆里，有糖人的味道。

糖人，在生活中消失了。

直到前年，在清明上河园，我重新邂逅了糖人，童年的回忆，在那里一下子复活了，看东京梦华，赏糖人。

从山楂里，也能看出人生来。

僧人知一说：“从容岁月带微笑，淡泊人生酸果花。”这哪里是写诗呢，这分明是悟禅啊！

吃一口山楂，多一分微笑。

品一味酸果，多一分淡泊。

57. 草莓：草民的立场

波兰诗人伊瓦什凯维奇写过《草莓》，且在里面陈述这么一段话："重读一下青年时代的书信……从信的字里行间飘散出的青春时代呼吸的空气，与今天我们的呼吸已大不一般。"

我对这句话，犹如着了魔一样喜欢，一个人，再也回不去了，只能在文字里，寻找遗失的东西。

一阵风，草莓就醒了。

它们没有睡懒觉的习惯，只要给一点东风的暖，它们就开始抽芽、长叶。草莓，从名字来看，应该属于草类。

在春天，结果实的草，本就不多。试想，树上结的是樱桃，树下结的是草莓，多可爱啊。草莓伏于地面，喜欢这低处的光阴。

一种植物，不向往高处，以一种谦卑的姿态活在中原上。它的绿，发出光泽，掩盖了土黄色。

突然，有一天，你发现碧绿的叶丛里，有一片血红的果实，你一定惊奇万分，这果实呈心形，似乎谁的心，遗忘在这里。

只是，这草莓的果实上，有浅浅的酒窝，乡下人戏称它为麻子脸，我认为它的形状，像一块红布，上面印有浅浅的花纹。

草莓，很可口。

它，被称为春天第一果，引领着春天水果的潮流，它以后，樱桃上市，接着是麦黄杏。

这草莓，性凉味酸甘，清暑解热、生津止渴、利咽止咳。似乎，它天生就是养生果，许多人爱吃。

这草莓，和树上结的果实不同，树上结的果实，大多耐放，这草莓，放一夜，就会坏掉很多，让人心疼不已。

说来惭愧，我是一个乡下人，对水果胆怯，一个人，认不清它们的真身，第一次见草莓，竟然认不出这红红的果实是什么。

上初中时，总要经过一片果园，为了赶路，我们总是从果园里穿行。一次，我在果园里遇到这东西，长在地上，很不起眼，我以为是什么花，就拔了一株，栽在盆子里。

有一天，它竟然结果了。

那时，我们一家从没出过这个村子，根本不知道这东西是什么，只感觉它红红的，像一块胭脂。

雨后，我家的房子有些漏雨，父亲便让村里一个叔叔来帮忙修理房子，他看到草莓，一把扔到嘴里，说这是草莓。此后，我便记住了这个文雅的名字。之后，它又结了一些，我们全家，一人一个，尝了鲜。

后来，母亲便记住了这味道。

一次，母亲生病住院了，想吃草莓，父亲省吃了一个星期，终于提了一兜草莓，一共二十多个，母亲见了，和父亲抱头痛哭，我知道那一刻，这里面包含着一个感动。后来，生活好了，草莓也成了常吃之物，但是再也吃不出那样的感动了。

父亲看见母亲这么爱吃草莓，就从集市上买一把草莓苗，栽在院子里，每年春天，在碧绿的叶子中间，有一片红红的果实，很是醒目。

这草莓，从此在我家落地生根了。

只是，这红红的果实，不但人喜欢，鸡也喜欢。每天早晨，这草莓都会被鸡叨去一片。

在草莓成熟的时候，家里有明贼和暗贼，明贼是公鸡，暗贼是夜里的老鼠，它会趁人不在，偷吃草莓。

后来，草莓吃完了，这鸡便开始吃叶子，后来这草莓，成了一片光杆，再也回不到以前了。

母亲，很失望。

认为这草莓，再也活不成了。但是第二年的春天，这墙的外表，钻出一株草莓的嫩芽，小小的，缩在一起。

之后，便是一大片。

这时候，我才知道草莓，是根生植物，只要根在，希望就在。这让我想起了人类，有根便会有返乡的念头。

我的根，便在中原。

后来，我在从开封去郑州的路上，看见路边有卖草莓的，还美其名曰：牛奶草莓，我没吃过这个品种，不知道草莓和牛奶有何关系？

在山里，还有一种野草莓，也很好吃，人们总是在草丛里寻找、解馋，只是我没有吃过。

在故乡，有一种长在野外的果实，叶子和草莓相似，果实也像，只是故乡叫它蛇莓。这名字，似乎和蛇有关系，是否如此，不得而知。

我至今，都不知道这蛇莓，是不是野草莓，从书本里，也查不到，我带着这样的疑问，活在草木间。

58. 葡萄：文人的精气神

葡萄，撑起院子的光阴。

入春，我便将家里的鸡粪、羊粪、牛粪，堆在葡萄根处，这葡萄树，长势喜人，它的叶子，慢慢变大。

之后，葡萄便挂满了架子。

那时，便有一个少年，抬头望着这些葡萄，口水直流。这葡萄，顺着搭的架子，铺满了绿绿的叶子。

一个人，在架子下，看日光漏了下来，这日影的图案，需要想象力。白天的葡萄架，是热闹的。

许多人，来我家玩，都在葡萄架下，这里凉快、遮阳。女人们在树下，一边拉话，一边做鞋。

有时候，飞鸟也来，它们偷吃葡萄，这偷嘴的鸟，母亲倒不怕，母亲有一颗仁慈之心，但是这些鸟，很调皮，总是这里吃一点，那里吃一点，时间久了，这些葡萄都被糟蹋了。

母亲生气了，便用薄膜袋子，把一些长势好的葡萄套上，留下一点瘦弱的葡萄，是给飞鸟的。

夜晚，院中清凉。

入秋后，一朗月，在天上，月光如银水泻平地，白亮一片。我们全家，在树下摆一桌子，开始了晚饭。闻着葡萄清凉的气息，吃着乡下的野蒜苗，也是一种幸福。

七月七，人们便躲在葡萄树下，听牛郎织女说话，许多人煞有其事，但是我一句也听不见，便觉得无聊。

如果有一年，不见雨水落下，村里人说，这牛郎织女老了，再也流不下眼泪了，说得让人伤感。

神话里的人多灾多难，现实生活中，这株葡萄也算多灾多难。

记得有一年的夏天，下了大雨。外面雷电交加，我看见一道闪电，便有一团火落下来，然后这树便枯焦了。

母亲说，这树完了。

父亲说，砍了吧。我抱着树，不让砍。这树，隐藏了一个人太多的回忆，我不相信它会死去。

没想到，第二年一开春，这树的根部，又长了新芽，我惊喜万分。再一次见证一株树，从微小处开始，一步步走向繁茂。没几年，这葡萄树，又爬满了架子。

葡萄丰收后，母亲便戴上那种一次性薄膜手套，将葡萄揉碎，过滤出葡萄籽，然后放在坛子里，密封。

到春节时，舅舅来我家串门，母亲便拿出葡萄酒招待，舅舅一口气喝了一大碗，还嫌不过瘾，又喝了一碗，不一会儿，便觉得瞌睡了。

这一睡，就是一天一夜。

第二天，舅舅醒来，竟然发现醉了这么长时间，不由自主地笑了，此后舅舅再也不肯喝葡萄酒了。

这只是乡下自酿的葡萄酒。古人也喝葡萄酒，汉武帝很喜欢喝葡萄酒，就连曹丕、李白、苏轼，也很喜欢，都在诗里写过。

葡萄酒，也能外交，在三国时，凉州刺史孟佗，便用葡萄酒贿赂人，然后当了官，这方法，被人记录了下来。

母亲在乡下，也用葡萄外交。

每年葡萄成熟时，母亲总是将葡萄给四邻都分上一些，一个家庭的温暖，向四周扩散。

有时候，谁来我家串门，母亲也会舀出一些葡萄酒，让他们喝。

说起葡萄，便想到了一些有趣的事，古人描绘女人，多用“紫葡萄”形容眼睛，似乎，这紫葡萄，成了许多美女眼睛美丽的统称。

葡萄可以吃，可以看，也可以隐喻！

但是，古人有许多人是葡萄的俘虏。他们喜欢葡萄，把它画在宣纸上。这里面最著名的人，当属徐渭。

他有一幅《墨葡萄》，很苍凉，如果仔细品味，会发现辛酸的泪珠。

我觉得，徐渭是爱葡萄，还未成痴，痴迷已久的画家，叫温日观，以画葡萄为生平乐事，世人称温葡萄。

写到这，主题似乎开始游离了。

一个人，期待有一株葡萄树，闲时，打理一下，让葡萄的精气神，侵入心里，和人一起明灭。

多想，再回故乡看看。

59. 荔枝：一骑红尘妃子笑

荔枝，身份比较高贵。

提到它，便想起了“一骑红尘妃子笑，无人知是荔枝来”，这三千里加急，非是因为国事，而是为了满足女子的口腹之欲。

这马，累死多少不管，其实，我为这些马叫屈，他们不是死在战场，而是死在这驿道上。

杨玉环，不是这荒唐事的第一人。开这事先例的，是汉高祖。

在葛洪的《西京杂记》里记载：（南越武帝）尉佗尝献鲛鱼、荔枝，汉高祖报以蒲桃（葡萄）、锦四匹。也许，是汉高祖一吃这荔枝太好吃了，便让闽广的人，将荔枝移植到长安。

举全国之力，去移植一种树，虽数量众多，竟然无一生者。

当初看张抗抗的散文，名字叫《牡丹的拒绝》，古人说皇帝是神，一开口万物就得照办。这武则天说了话，各种花都盛开了，唯有牡丹不买她的账。可是这汉高祖，也下令了，竟然移植不活一棵树。可见这神化的谎言，也该破产了。

既然移植不活，便变个方式，想吃了，就让南方送来，只是这荔枝保存期不长，必须快马加鞭。

到了宋代，这天气变暖了。荔枝也能在北方生活了，在陆游的《老学庵笔记》里有记载："宣和中，保和殿下种荔枝成实。"这宋徽宗，除了赏花移树、书法绘画外，似乎对别的没有兴趣，治国更是一塌糊涂。

荔枝，好吃吗？

我认为不好吃，我第一次吃，竟然吃不下去，它的味道，和故乡变坏的红薯一个味道。这荔枝，在故乡并不受宠。

似乎，很多人和我的贫民口感不同。苏轼说"日啖荔枝三百颗，不辞长作岭南人"，他每天吃这么多，看起来是有瘾了，比他还爱吃的，还有一人，他就是齐白石。

他爱荔枝，胜于苏轼，日食千颗。或许，这有夸张的成分，可见他对荔枝喜爱至深。

他不但吃，还喜欢画，他画的《荔枝图》很是生动：墨叶，红的果，挂满枝头。也许，这颜色，观之可亲。

只是，对于荔枝的描述，过于模糊了。白居易说"壳如红缯，膜如紫绡，瓤肉莹白如冰雪，浆液甘酸如醴酪"，这文字，从里到外，足够详细了。外在的颜值，内在的风味。

荔枝，小名太多，譬如："红罗""小浮子"。

在福建，有"十八娘"的叫法。或许，在当时，有一个女子，罗裙轻盈，提一竹篮，人俏荔枝美，人都爱吃她卖的荔枝，便以"十八娘"之。这是我的猜测。或许，这与事实相差十万八千里。

还有一种，叫妃子笑的，我不知，这种荔枝到底是不是杨贵妃当初吃的那种，还是后人为了附会风雅杜撰出来的。听名字，很有诱惑力。

新蝉叫，荔枝熟。

在闽广，一片红，给南方的山，带上一点俏皮的颜色。这里，梅雨太多，人要生锈了，突然看见一片红，挂在枝头，或许一下子，心情就不一样了。

这荔枝，为何叫荔枝呢？

从文献来看，这水果当初叫离枝。

《本草纲目》记载："荔枝木坚，子熟时须刀割乃下，今琼州人当荔枝熟，率以刀连枝砍取，使明岁嫩枝复生，其实益美，故汉时皆以为离枝，言离其树之枝，子离其枝，枝复离其枝也。"

也许，再后来的流传里，便叫作荔枝了。这美名，比离枝好上千倍。

写到这里，似乎过于正式了，谈一点荔枝的趣事吧。

当初，有两个人住在一起，一个闽广人，一个吴越人，便各自吹嘘自己家乡的好来。

一个说：闽乡玉女含冰雪。

一个说：吴郡星郎驾火云。

猛一看，似乎是说一男一女，其实质却在说两种水果，一种是荔枝，一种是杨梅。

当杨梅遇见荔枝。竟如此有趣。

我怀念的，不是这些，是我去南方时，吃的那荔枝肉，现在回味，似乎嘴边还有余香。

60. 李子：有趣的民间

说起李子，我的话就多了。

也许，一木一命。荔枝的命，被一个贵妃托着，那么李子，似乎也不寒碜。它的后面，浮现出另一个美女，越国第一美女——西施。

据说，西施离开越国，看到李子树，开了满树的花，便引发了乡愁。后来，各地进献的李子，皆不合她意，她要外出亲自摘。这如嫩藕一般的手，在李子上留下了痕迹，后来便衍生出一个俗语，叫“西施爪痕”。

一个国家，竟然要一个女人去承担复国的使命，这是多么灰暗的心理啊。也许，在李花开放时，她一定哭了。

李子有了西施的托举，也有了一定的情趣。只是，这还有些不过瘾，在李子树下，还有一个人，以李子树为姓。

或许，我说到这里，大家都知道此人，也就是那个太上老君李耳了。

李耳的母亲在河里，看见一个黄杏，吃后便怀孕了，一怀孕便是多年，刚生出他，就会说话，是不是很神奇。

也许，李子树因老子而幸运。

李子成熟时，我喜欢吃。但是母亲一再警告我不可多吃。在豫东平原，有这么一句话：桃养人，杏伤人，李子树下埋死人。

这李子，看起来有点吓人。

其实，这李子有些是不能吃的，苦涩，入水不沉者，有毒，因此在很多年前，文人苏轼说“浮瓜沉李”。

李子成熟时，黑紫色，这颜色，也是富贵之命。只是没想到，命里有这么一道坎。

古人送礼，有两种水果不能送。一种是李，另一种是梨，这两个水果的发音，都与“离”字音相似。

古人，讲究吉利。

在故乡的院子里，种有一株李子树，只是它开花，有大小年之分，一年花多，一年花少。这树，很聪明，比一生如老黄牛的人，更懂得休养生息。

有时，看到这满树的李子花，便想到太多的东西，在一棵树上，有满头的花。你说，这是一种张扬，还是一种逍遥，我似乎也分辨不出了。

在春天，需要坐在树下，读一读松尾芭蕉，读一读吉田兼好，他们的文字，更安静些，似乎只有古代的诗人，能和他们的文字匹配些。

今人的文字，太乱，入不得心。

李子，从不说话，只默默地生长，这让我想起了与它有关的一句话，是形容君子的。

“瓜田不纳履，李下不整冠。”这句话，包含着文人之风，君子之行。

与李有关的词，似乎也是好词居多，譬如投桃报李。这是多么伟大的胸怀啊，只是我只有羡慕的份。我一个人，卷入到世俗的人情中。

今年，读钱钟书，在他的文中，突然看到这样的一句话，他说在姓氏里，白、柳、李姓，属于上乘的姓氏。牛、胡、朱，缺乏诗意，他的钱姓，估计更属于不可挽留之列，为了挽留，便取名钟书，掩盖了铜臭气。

这李姓，没想到在他眼里，这么好，是我意料不到的。我认为，李姓很一般，取名也需费一番周折。

记得有一李姓人家，生了个儿子，长到六七岁，尚无正名。一次，父亲考儿子诗歌，看他最近是否有进步，便吟诗道“春日送暖百花开，迎春绽金它先来”。这诗句，实在是太臭了，我未见高明。

就这样，下面竟然没词了。他妻子随口接一句“火烧杏林红霞落”，这孩子，毫不犹豫地接道“李花怒放一树白”。

这孩子，便有了名字。从此，世界上多了一个响当当的诗人——李白。

我不知道，这故事是杜撰的，还是真有此事，总之，李子树因李白而更加闻名。

只是，故乡也种李子树。

我记得我们的语文老师，也将我们带到树下，让我们观察李子树，写一篇关于李子树的作文。

只是，从故乡的李子树下，没走出一个诗人，没走出一个有情调的人，所有的人，一如我，都带有一种俗世影子。

我，注定成不了与李子有太多瓜葛的人，所以我对于李子树，也无特别情感和记忆。

一个人，只要想到了那个长李子树的院子，和那个给它施肥的老人，便心疼了。如今，老人也不在了，只剩下它，还在院子里，孤独地长着。

61. 西瓜：夏天的救赎者

故乡，在开封。

开封，古称汴梁。汴水流过，黄河流过，这开封最不缺的，就是水分，即使最干旱的季节，仍有水分，那是庄稼人的眼泪。

开封，是黄泛区。

统治者，为了一己之私，就扒开黄河口，一泻千里的水，只剩下漂木和淤泥了。但是，这黄泛区，土质肥沃，适合种西瓜，开封西瓜，在中国小有名气。

汴梁西瓜，以皮薄瓤沙闻名。在河南，有这样的说法：肖县石榴砀山梨，汴梁西瓜红到皮。

这汴梁西瓜，皮极薄。

西瓜成熟时节，这开封西瓜的叫卖声，散布在大街小巷里。悠扬的叫卖声，是一首抒情诗。

在冯杰老师的笔下，我才知道西瓜类型多样：白籽白皮白瓤的，叫三白；黑籽红瓤的，叫黑虎掏心；白皮红瓤黑籽的，叫刘关张；白皮红瓤的，叫黄沙瓤。这几种西瓜在故乡都有。

我最喜欢吃的，是黄瓤西瓜，味比红瓤西瓜淡一点，红瓤西瓜，看着太浓，像一片血。

有时，我吃西瓜的时候，独自揣摩，这西瓜是夏天成熟，按照季节来说，它对应的是南风，应该叫南瓜才对。

有一次，在瓜园里，听我爷爷说，这西瓜乃神农氏尝百草时发现的，只是这西瓜因为罕见，所以称稀瓜，我觉得这种说法很神奇。

我信了太多年。

终于有一天，我发现我信了多年的说法，是一种谬论。原来，这西瓜是非洲撒哈拉沙漠的一种浆果。

我国引进它时，也已经年代久远了。应该说，在宋朝已经很普遍了。

五代时，胡峤在《陷北记》里说："峤于回纥得瓜种，以牛粪种之，结实大如斗，味甘，故名西瓜。"

这西瓜，便开始在北方盛行，很多文人描绘西瓜是从宋朝开始的，譬如：范成大的"碧蔓凌霜卧软沙，年来处处食西瓜"，可见宋朝是西瓜的盛行期。为了求证，我发现在《清明上河图》里，有卖西瓜的画面。

突然觉得北宋，一定有一片碧绿的西瓜。那时候，一些文人，切开西瓜，开始不顾形象了。

有一次，看电视，讲到辽代郡王的墓穴，在他的墓葬壁画上，竟然发现有西瓜图，以此推测，这西瓜定然是当时最盛行的水果。

看起来，开封西瓜之所以好吃，是因为有一定的延承。它继承了北宋的基因，一片瓜，就是一段历史。

母亲，喜欢夏天。

夏天，西瓜盛行。母亲最爱吃的水果，就是西瓜，她一顿能吃一个西瓜，所以一到夏天，母亲的病，也就少了。乡下有俗话：夏天吃西瓜，药物不用抓。原来，这西瓜能调养身体。

故乡，种西瓜。

早初的西瓜，需要掐尖，压藤蔓。后来，培育了新品种，便省力了很多。盛夏，月亮在头顶，我和爷爷看瓜，突然想起鲁迅笔下的少年，带着银项圈，拿一把叉，奋力地向一只獾掷去，在北方，除了贼之外，对西瓜造成伤害的事物，不多。

在故乡，卖西瓜仍用那种杆秤，前面的钩，让我想起了数字“9”，这秤，最能看出人心，许多人心在秤上较量，高一点，低一点，就见识了一个人的度量。

在故乡，仍保持着古老的交易方式，以物换物，这工业化遍布中国的时代，在乡村竟然还有一片田园。

小麦，仍是世界的中心。这或多或少让我惊喜。

在故乡，最能发生故事的地方，一个是瓜园，另一个是果园。一个女孩，因为贪嘴，被男人夺取了节操，不得已，只好嫁给这男人。

瓜园，这满地的西瓜，其实是一个个诱惑，许多人，却经受不住，便成了夏娃。

故乡人，吃西瓜，很会吃。

瓤吃完，剩下的西瓜皮，母亲便用刀削去人吃的部分，然后把那层青皮也去了，最后炒一炒，就是一顿大餐。

乡下人，还将吐出的西瓜籽晒干，然后浸盐、翻炒，就是炒瓜子了。

后来，离开了故乡。

吃西瓜，成了习惯。只是这西瓜，再也没有故乡的西瓜好吃。

夜里，读书。突然看到一则趣事，是关于苏轼的一副对联。

坐南朝北吃西瓜，皮向东甩。

自上而下读左传，书向右翻。

这西瓜，太有趣了，如此可爱地活在一片文字间。我也多想穿越一次，回到宋朝，看一看西瓜。

吃西瓜，可以文雅地吃，用勺子挖着吃，也可直接用嘴吃，这是猪八戒的吃法，但是最过瘾。

这红色的瓜汁，顺着肚皮流下，让我想起明代瞿佑的一句诗：泻出流霞九酿浆。

这诗，有色，有味。

只是，我离开故乡后，故乡的西瓜再也吃不上了。

62. 杨梅：江南的漂泊者

杨梅叫法颇多。

《北户录》里，叫它“机子”，扬州一带，叫它“圣僧梅”。直到李时珍的《本草纲目》，才出现“杨梅”的叫法。“其形如水杨子，而味似梅故名。”

才子司马相如，在《上林赋》里写道：“樗枣杨梅”。这是一个文人和一个果实的亲近。这文人，竟然在意这些细小之物，让人惊讶。

杨梅味道如何？如果是我描述，可能会带上我的主观情绪，还是看看东方朔《林邑记》里的文字。

“林邑山杨梅，其大如杯碗，青时极酸，既红，味如崖蜜。”这文字，见证了杨梅果实从青葱到暮年。

我这一辈子，只吃过一次杨梅。

那是十年前，我的一个本家叔叔回乡探亲，提了一兜杨梅，我便一口气吃了好多，我的不节制，让叔叔大笑。

也许，一个没见过世面的少年，会被人所轻视，那时，我是不考虑这些的，只有一个念想，快点吃。

母亲说，慢点吃，没人和你抢，但是我仍狼吞虎咽。似乎习惯了这种进食的速度，慢不下来了。

晚上吃饭时，我吃不动饭了，母亲说我的牙酸倒了，这个“倒”字很形象，连一块豆腐都咬不动了，惹得大人们大笑起来。

或许，杨梅对我来说，比故乡的红薯醋都要酸一些，所以对杨梅患了过敏症，开始害怕它的酸了。

多亏这东西长在江南，要是生在中原，估计我会一次次地让牙酸倒，因为我对酸，极为钟爱。

在江南，杨梅成片。许多人，也爱吃。每到杨梅成熟，许多人便欲罢不能。就算身为明朝重臣的徐阶，也开始为家乡的杨梅生虫而担忧。

记得有一次，我去江南，正赶上快要成熟，我突然想起鲁彦的《故乡的杨梅》：“它最先是淡红的，像娇嫩的婴儿的面颊，随后变成了深红，像是处女的害羞”，这语言，绝了。把杨梅当人来写，更见功力。

乡间说：清明的麦果，初夏的杨梅。这麦果，是麦黄杏吗？

麦黄杏，在麦收之际，让乡下这些收割者，开了胃，他们吃得多了，也给自己储存太多的力气。

一个麦黄杏，能勾引出一肚子的馋虫，我喜欢吃它。

如果是麦黄杏，我便认同这句话。

在水乡，划船，吃杨梅，看红砖黛瓦的江南。偶尔，有一片水鸭，呼啦啦入了水，惬意地游走。

在江南，卖杨梅者，也是一种风景，在周作人的笔下，如此生动："方杨梅盛出，好事者都以小舫往游，因鋊酒舟中，市堤杨梅与酒相间，足为奇观，妇女以簪髻上，丹实绿叶，繁丽可爱，又以雀眼竹盛贮为遗，道路相望不绝，识者以为唐人所称荔枝筐，不过如此。"这段话，把当时卖杨梅的世人，写活了。也勾勒出一幅江南杨梅图。

周作人，是我喜爱的作家，他的文字，有一股子文雅古朴的自然。一个人，在写文时，先把自己当成文人很难，这些人，心境超越自身面对的现实，一个人，或许左右不了行为，但是一旦坐到桌前，一落笔，便是一股赤诚的真。

许多人，爱吃杨梅吗?

我不知道，反正我爱吃。

翻开书，居然看到一些人也爱吃，

清代杨芳灿的"夜深一口红霜嚼"，一个人，在夜里没事干，便静静地吃杨梅，这是多么安静的心啊!

许多人，吃一种水果，总爱和别的水果相比较，或许，杨梅和荔枝，风马牛不相及，可是就是有一位文人，硬是比较出优劣来。

这个人，便是苏轼。

"客有问闽广荔枝何物可对者，或对曰西凉葡萄，我以为未若吴越杨梅。"

文人的话，总能抬高一种事物的身价，此后这水果便有了地位。

这杨梅，最尊贵的事，便是曹操征张绣，部队累了，他来个望梅止渴，或许这是中国最高明的精神胜利法，比马克思的主观能动性，要高明多了。

只是，他这个人成功了。便想到了儿女之事，把张绣逼反了，只是可怜了虎痴典韦。

我喜欢历史，更喜欢杨梅。或许，过于关注历史，而忽略了杨梅本身。

我多想，一个人，再去一趟江南，吃一碟杨梅，喝一口米酒。

江南，是一个散发着杨梅气息的地方。那里，有酸梅汤解渴。

63. 红枣：文化根蒂处的贵族

在北方，红枣居多。

这植物，喜欢干旱。水太多，反而不好，它能在贫瘠的土地里存活，这是其他水果所不具备的。

在故乡，有新郑大枣；在陕西，黄河边上，红枣最多，以清涧等地的枣最为出名，个大、肉多。且名字也很有个性：狗头枣。

每年，过中秋节，单位发一箱狗头枣。清晨，将枣洗净，熬稀饭时，放一把红枣，稀饭也有了甜味。

古代，这枣叫棘，字的左右两边相似，后来不知怎么就变成了上下结构的“棗”字，最后写着嫌费劲，就变成了“朿二”，最后省略成了“枣”字。

枣字的变化，说明人懒了。许多人，开始追求简约，追求省力。一个古老的字，不见了，只剩下一个新生的“枣”字，在文字里倾诉。

《诗经》里就有：“八月剥枣，十月获稻，为此春酒，以介眉寿。”八月，枣熟了，故乡有打枣的风俗。一些人，拿个竹竿，把枣子打下来，孩子在下面捡到篮子里。

据说，这枣树，是贱脾气，你打得越狠，它来年结的越多。我不懂这些，只知道，有了这些枣子，年关就有大用处了。

年关，是女人手艺的展示。

在故乡，有一种面馍，叫枣花，类似于陕北的面花，用面捏出各种图案，然后在核心处，放一红枣，起画龙点睛的作用。

这枣花，是晚辈尊敬长辈的一种礼节。春节，走亲戚，这枣花不可缺，如果少了枣花，亲戚也就走到头了。我私下认为，这与其说是一种礼节，不如说是一种饥饿营销。这面馍，在古代缺粮的时候，可是大义之物。锦上添花，值得赞美，雪中送炭，更值得赞美。

故乡，信神的人多。

一棵树，上了年头，便成神了。在故乡，有一棵枣树，活了上百年了，树上缠满了红布，它的下面，用砖围了一圈，地上到处是烧香的灰烬。

据说，一个人病得奄奄一息了，他的母亲来树下磕了三个头，然后哭泣了一会儿，就回家了，这孩子的病，竟然好了，此后这树的名声，像一阵风，传到四周，许多村子的人，也来烧香求平安了。

爱吃枣，是许多人的通病。

许多文人，也爱吃枣。杜甫年少时，很调皮，这在他的诗歌里写得很清楚。“庭前八月梨枣熟，一日能上树千回。”这少年杜甫，一定吃够了枣子。苏轼也说“簌簌衣巾落枣花”，这枣花，米粒大小，黄绿色，落在衣服上，这是一颗多么敏感的灵魂，才能感受得到啊。

他的学生，也喜欢枣。张耒写道：“枣径瓜田经雨凉，白衫乌帽野人装”，一场雨，就打乱了一个人的风度和文雅。

这诗句只是明处的文化。

暗处的文化，是习俗。在许多地方，结婚时，床上要撒一些花生、枣，意味着早生贵子。

故乡，一直遵守着这个风俗，可见故乡浸泡着枣文化，已有些年头。

今人学手艺，磕头拜师，便可以了。古人不这样，很简单的事情，非得搞的神秘一点。《传灯录》里说五祖弘忍欲传法于六祖慧能，给粳米三粒，红枣一枚，慧能悟出师令我三更早到。这描写，和《西游记》里菩提老祖，在悟空头上敲三下，有异曲同工之妙。

小时候，最喜欢听故事。

爷爷总是给我讲瓦岗英雄，最喜欢罗成，白马银枪，很是气派。这英雄，也曾在枣树下休息，枣子落在头上，砸醒了他，他一吃，这东西很甜美。

读书后，喜欢收集和枣有关的成语，这就是爱屋及乌的表现。可是，这所有关于枣的成语里，我最钟爱三个。

一个是“交梨火枣”，这两种果实，没见过，应该属于灵丹妙药，与神仙有关。《剪灯新话》里说，有一个人，吃了这食物，便由明代穿越到元代，找到了自己的前生，这或许是当今穿越剧的源头。

另一个是“拔葵啖枣”，这分明说的是我小时候，喜欢今天偷人家一把蔬菜，明天偷人家一兜枣，这词语，我喜欢。很接地气，是从生活里提炼出来的。

最后一个，是我最喜欢的，叫“推梨让枣”，这推梨说的是孔融让梨的故事，那么这让枣呢？

“南朝梁王泰幼时，祖母集诸孙侄，散枣栗于床，群儿皆竞取，泰独不取，问之，答曰：不取，自当得赐。”

只是，这故事完全被孔融让梨的故事给压在身下，要不是喜欢“枣”字，或许到死也不会邂逅这个成语。

一个人，学会谦让，才有风骨。这枣树，骨头硬，如果生柴，这枣木不好劈开，木质太硬。

但是听母亲说，枣木烧出来的饭，有味道，因为柴火生出的火，是有性格的，性格不同，饭就不同。

枣树，多长在别人不能生长的地方，它很孤独，不羡群芳，这让我想起鲁迅的话：在我的后园，可以看见墙外有两株树，一株是枣树，还有一株也是枣树。

64. 香瓜：一地怀想

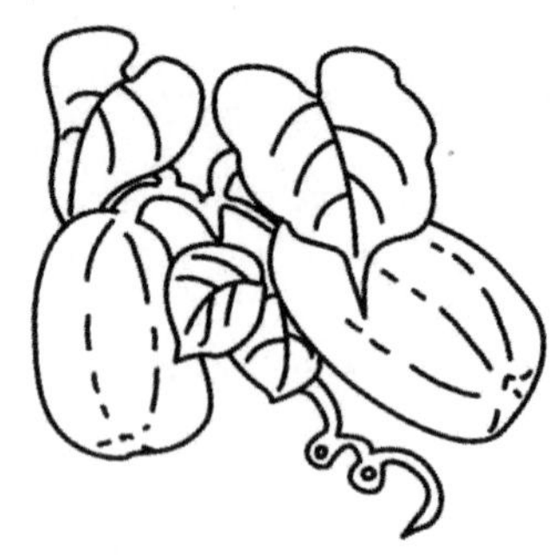

在故乡，瓜果众多。

除了西瓜外，最成规模的，就是香瓜了。一个村子，可以没有蔬菜，可以没有篱笆，但一定不能没有两种东西：一个是炊烟，那是乡村的命脉；一个是香瓜，那是孩子的命脉。

在故乡，我们不叫它香瓜，而是叫它小瓜，这形状，是和西瓜比较而定的。故乡的棉花田里，都会种上几棵小瓜，以备饥饿时进食。

故乡的小瓜，品种较多。那种白色的，是瓜中的白袍秀士，叫白金刚，不知这文气的瓜，怎么就叫了这么个名字，我能想到的金刚，都是怒目圆睁，很是怕人。

这瓜，很安静。卧于地，而长于日月之下，吃露水，吃阳光，而吐出一片甘甜。

还有一种瓜，是黑色的，人称瓜中的包黑子，叫黑老鸹，一团漆黑，只是这瓜很面。这个“面”字，估计很多人看不懂，它是地地道道的中原语系，这个字的意思，是和“脆”相对的。不脆到了极致，便成了面。在陕西，有一个字，和它相似，是一个“绵”字。

这瓜，很多人不爱吃，没嚼头。

但是奶奶爱吃。奶奶九十多岁了，牙齿掉完了，吃白金刚，是吃不动了，她喜欢吃黑老鸹，不需要咬，能直接入肚子。

奶奶去世后，父亲在她的棺木里，除了放她的衣服，还放了两个东西。一个是奶奶的擀面杖，她用了一辈子，就带走吧；另一个是黑老鸹。

故乡还有一些小瓜，名字很文雅，一个叫香妃，另一个叫长香玉。这两个，似乎应该都有故事才对，只是我查不到，我推测，前一个应该是和宫廷有关，后一个不知和豫剧大师常香玉有没有关联？

有瓜的地方，就有江湖。

在乡下，瓜是分片的，这个孩子管一片，那个孩子管一片，如果一个孩子去了别人管辖的地方去偷瓜，多半会发生争斗。

有瓜的地方，就有盗贼。

这盗贼，主要是孩子没事干，便寻找刺激解馋，一个孩子，偷瓜也就算了，竟然在瓜上面，刻上“曹三毛到此一游”，这一下，就有了证据。

被主人找到根源，免不了一顿揍。

小瓜，命贱。

它不像荆芥那样，吃大盘荆芥，是身份的象征，种荆芥，也娇贵，不能扔太高，否则就摔死了。小瓜，可以胡乱扔，保准一场雨后，绿油油的一片。

这瓜秧，咬定青松不放松。

会顺着庄稼爬上，许多人必须将它们一一整理好。当瓜结满一地时，就会有人惦记，吃瓜，人倒不怕，就害怕孩子糟蹋，所以许多人便有了埋瓜的习惯。看见哪一个瓜长得大，长得好，就会埋起来。

在故乡，人们的眼睛很毒。他们的眼，就是一个定位系统，这瓜埋下，不用做记号，一准能找到。

在故乡，还有一种瓜，叫马泡蛋。

这或许是世界上最小的瓜了，这瓜不能吃，是一种玩物，人们都说玩物丧志，但是父亲从不制止我。

似乎，在故乡，人们不懂“玩物丧志”这个词的含义，一个人，学会了去亲近“马泡蛋”，便是亲近草木了。

在乡村，人活的憋屈。

一个人，为了一口瓜，憋了几天，才敢怯生生地对婆婆说，想吃小瓜了。婆婆脸一翻，就风云突变了。

一口瓜，就是一桩人心的对话。

乡村，瓜也可以外交。

一个人，将地里的瓜，分给邻居，这一堵墙，就矮了。我记得，我和我家的邻居关系甚好，谁家做了好吃的，就隔墙递过去一碗。

只是，后来，他家搬走了。他家地里的瓜，再也翻不过院墙了。

此刻，我面对着农村，似乎有些厌倦了，不喜欢人心算计。

一片瓜香，止于唇齿，也止于中原的心机。

65. 猕猴桃：他乡的水果

这种水果，故乡没有，产于外地。

老话说得好：外来的和尚会念经。这水果，因为奇特的外貌，让中原人看不透它的秉性。在故乡，竟然没有人知道它叫什么名字，直到我上了大学，才知道它叫猕猴桃，这名字，竟然和动物连在一起。

在书里邂逅这猕猴桃，只是它名字众多，让人眼花缭乱，譬如：狐狸桃、藤梨、阳桃、羊桃、木子、毛木果、鬼桃、麻藤果。

这些名字，说明它是个外来货，各地人都按照自己的意愿给它命名，不像别的水果，名气大，叫法里有个固定的词。

最后给它定名的是李时珍，他在《本草纲目》里说："其形如梨，其色如桃，而猕猴喜食，故有诸名。"一个水果，以一种动物命名，似乎还未有之。且这猕猴，口刁。

如果不是这果好吃，一定不能吸引这猕猴的注意。

这猕猴桃，是中国土生土长的水果，在《诗经》里有记载：隰有苌楚，猗傩其枝。这水果，秦岭地区多。

在陕西，有一栏目，叫《百家碎戏》，里面演的是陕西风土人情，通过里面的一些片段，才知道猕猴桃是家植的。

有一次坐车，看见一个女孩，在火车上优雅地吃一种水果，全身有毛，不知为何物，起先还吃得安静，不一会儿，这水果的汁液，便顺手留下。

我侧目一看，这水果的中心，是一种淡青色，里面有籽，犹如黑芝麻。那年，是我第一次出远门，我 20 岁。后来才知道这水果叫猕猴桃。

看到这猕猴桃，便想起了《西游记》里那个“六耳猕猴”，是一个本领高强的狠角色，后来被佛祖收服了。

只是，一些人认为，被收服的才是真悟空，和唐僧取经的是这“六耳猕猴”，因为他性格和此前完全不同。

如果此推断成真，那么说明佛祖对猕猴是如此喜爱，我和佛祖一样，也喜欢猴子，因为我觉得，在所有的动物中，猴的智商最高。

在河南，猴的含义颇多。

一个人，太聪明了，河南便称呼他“猴”，在我村，有两个被人冠于“猴”字，村里人不敢和他们交往，怕他们算计。如果和这两个人，在一起共事，一定会比现在的宫廷戏还精彩，这些人，会成为算计的教科书。

其中一个是个女人，家里开着超市，丈夫老实，这个家靠她苦苦支撑，想想也能理解。

另外一个就不一样了，他开商店，许多村干部和学校领导，喜欢去他的店里喝酒吃肉，这人也不急，全是记账，五年后，一摊本子，这些领导怕了，居然好几万了。

此后，一个学校就散了。

对于猴字，我比较敏感，突然发现我跑题了。还是说说这水果吧，这名叫猕猴桃的，内心干净，不会坑人。

秦岭山脉，有终南山、翠华山，都是古代文人隐居之地，这些人，或许也并不见得都能吃饱饭，如果无饭可吃时，也会去山上，采摘一些野生的猕猴桃吃，这人，一边看着猕猴在树上跳来跳去，一边开心地笑。

国外有猕猴桃吗?

1904 年，新西兰女教师伊莎贝尔将猕猴桃带入新西兰，之后成了新西兰的国果。1952 年新西兰把猕猴桃带到英国，此后便得到世界认可。

在日本，据说也有。

秦始皇寻求仙丹时，在东海三岛发现一种东西，叫“千岁”，据说就是猕猴桃，不知是否可信。

在陕西读书时，有一次去朋友家做客，看到他家的院子里有猕猴桃树，像葡萄树一样，需要搭架，这果树，顺着架子攀爬，一个个猕猴桃，像土鸡蛋一样挂满头顶。

他们家摘一些猕猴桃招待我，我第一次吃猕猴桃，吃一口，感觉这水果的口味有些像草莓、香蕉、菠萝的混合。

第一次吃后，便有些上瘾了。

此后每次去超市，都提一兜子猕猴桃，妻子说我肚子里有了猕猴桃的馋虫，我只是笑，不说话。

猕猴桃，放在桌子上，圆嘟嘟的，像一尊佛，或许它应该是神仙转世。

听陕西人说，这猕猴桃原本在天上位列仙班，它和仙桃、水蜜桃，都长在王母娘娘的桃园里。因为心高气傲，不肯贿赂采桃人，被这些人中伤而贬了下来。

或许，天庭和人间一个模式，也喜欢争斗和陷害。只是这猕猴桃厌倦了，便愿意到人间来当个隐士。

喜欢猕猴桃的味道，尤其喜欢牙齿嚼动猕猴桃籽的感觉。

写到这，想吃猕猴桃了。

明天定去买一兜回来，解解馋。

66. 橘子：乡村手记

在日本，橘子很受欢迎。

我看过一篇文章，说是日本人一边围着炉子，一边吃着橘子。

在日本著名作家芥川龙之介的作品里，有一篇《橘子》，写一个女孩去做雇佣，给站台上的弟弟扔橘子的故事。这亲情，让人感动。

在中国，这橘子有些硬骨头。

有一种说法，南橘北枳。以淮河为界，这让我想起了今天在课堂上讲的一首诗，一个人，不愿意与元朝合作，便隐居起来，不再出山。

一个人，国破了，即使被拉去做官，也一定是不合作的立场，我最敬佩那个不食周粟的人。一个人，心里有了国家，也便有了方向。

橘子就是忠臣，换了地方，便不仕了，身在曹营心在汉，只是这心开始苦了，心苦了，自然也就结出了苦果。

古人也写橘子，屈原在《橘颂》记载：“后皇嘉树，橘徕服兮”，苏轼也说过“一年好景君须记，最是橙黄橘绿时”。古人对橘的描写很吝啬，就这么寥寥几句，找不到我喜欢的线索。

从生活里入笔，品尝橘子，竟然是我爱的口味，我就喜欢那种砂糖橘，很甜，贡桔相对而言，味道就差了点。

不知为何，我总觉得，橘子里包含着一种亲情，那味道很浓。

每次回家，父亲便买好了一袋子橘子，父亲说，我每次吃饭吃的少，喜欢吃零食，这橘子可以当零食吃。

父亲，当然不舍得买橘子，他用家里多余的麦子换一些来，这是我故乡最常见的交易方式，这么多年，一直保留着。

每年寒假，先于我进门的，是一袋子橘子。说来惭愧，至今为止，我都不知道父亲爱吃什么，每次问他吃什么，他都说不爱吃，如今父亲离开了我，再也没有机会行孝了。

吃剩的橘子皮，父亲不舍得扔掉，他把橘子皮收集起来，放在窗台上晒干。他说，这是一味中药，叫陈皮，可以放在菜里，增加味道。

每次母亲炖鸡时，我总能看见她放一些陈皮、桂皮，炒出来的味道，是我一辈子也忘不掉的。

母亲做的最好的一道菜，便是拔丝橘子，热油、加糖，慢慢熬，然后倒入橘子，迅速捞出，迅速吃，否则就黏在了一起，不好吃了。

小时候，我最喜欢客人来，那时候客人至，也意味着有了罐头可以吃，那时候提一瓶罐头，成了亲戚间来往的主要礼物。

那些年，罐头品种多。

苹果罐头、橘子罐头、黄桃罐头、鱼罐头、牛肉罐头，我最喜欢的，是牛肉罐头和橘子罐头。

客人要走了，父母都在门口送人，我在家里便拿起刀，在瓶子盖上切了个十字架，把铁皮向上一卷，伸筷子夹出一块，就塞进嘴里。

等父母回来时，一瓶罐头基本也接近尾声。父母对我的自私，很是不满，姐姐也说我“吃独食，拉稀屎”。

有时候，一不下心，这铁皮就把手割破了，血顺着手滴下，母亲心疼，表面上还要骂上几句。

如今，生活好了，鲜橘子还吃不完，也不喜欢吃橘子罐头了，可是童年往事，一幕幕在脑海里浮现着。

中央电视台那个公益广告，做得非常好，一个留守老人和一个留守儿童，等待橘子树结果，每次看到这个孩子在睡梦里喊道：“结果了，结果了”，我的儿子无论做什么，都一定停下来，似乎看这段广告，能让一个孩子安静下来。

广告里的村庄，只有橘子树和昏黄的灯。

我的故乡，与之相似。只是故乡没有橘子树而已，有的是一只老狗，一盏昏灯，和一个人的晚年。

我多想，回到那个温暖的年代。

那时，父母在剥棉花，我在写作业，一切都那么美好，转眼间，都成了往事，很多人，都成了故人。

一个人，正吃着橘子，想着过去。

我不愿意写橘子，因为它能带出眼泪，在文字的结尾处，我哭了，这眼泪是为父亲流的。

回乡，买一兜子，放在父亲的坟前。